इंद्रधनुष

हिन्द पॉकेट बुक्स से नरेन्द्र कोहली की अन्य पुस्तकें

- रामकथा (राम-कथा पर आधारित बृहद् उपन्यास)
- वसुदेव (वसुदेव-देवकी की संघर्ष-गाथा पर
- पूत अनोखो जायो (स्वामी विवेकानंद के जीवन पर आधारित उपन्यास)
- प्रत्यावर्तन (स्वामी विवेकानंद की स्वदेश-वापसी पर आधारित उपन्यास)
- आत्मस्वीकृति (नरेन्द्र कोहली की रोमांचक आत्मकथा)
- आत्मदान (राज्यवर्धन के जीवन पर आधारित उपन्यास)
- प्रीति-कथा (रोमांटिक उपन्यास)
- अहल्या (पौराणिक उपन्यास)
- नरेन्द्र कोहली की यादगारी कहानियाँ
- एक दिन मथुरा में तथा अन्य कहानियाँ
- हम सबका घर तथा अन्य कहानियाँ
- रोज़ सवेरे (कहानियाँ)
- हुए मरके हम जो रुसवा (व्यंग्य)
- गारे की दीवार (नाटक)
- मार्गदर्शक (नाटक)

इंद्रधनुष

नरेन्द्र कोहली

हिन्द पॉकेट बुक्स
एक पेंगुइन रैंडम हाउस कंपनी

हिन्द पॉकेट बुक्स

यूएसए | कनाडा | यूके | आयरलैंड | ऑस्ट्रेलिया
न्यूज़ीलैंड। भारत। दक्षिण अफ्रीका। चीन। सिंगापुर

हिन्द पॉकेट बुक्स, पेंगुइन रैंडम हाउस ग्रुप ऑफ कम्पनीज़ का हिस्सा है, जिसका पता www.hindpocketbooks.com पर मिलेगा

पेंगुइन रैंडम हाउस इडिया प्रा. लि.,
चौथी मंजिल, कैपिटल टावर -1, एम जी रोड,
गुड़गांव 122022, हरियाणा, भारत

हिन्द
पॉकेट
बुक्स

प्रथम हिन्दी संस्करण हिन्द पॉकेट बुक्स द्वारा 2019 में प्रकाशित

10 9 8 7 6 5 4 3 2

ISBN 9789353490287

मुद्रक : रेप्लिका प्रेस प्रा. लि., इंडिया

www.hindpocketbooks.com

FSC www.fsc.org MIX Paper from responsible sources FSC® C016779

This is a legitimate digitally printed version of the book and therefore might not have certain extra finishing on the cover.

अनुक्रम

इंद्रधनुष

वे लोग एक लंबे अंतराल के पश्चात् दिल्ली के एक होटल में एकत्रित हुए थे।

जाने किसके मन में आया था कि विश्वविद्यालय के दिनों के साथियों से एक बार मिल तो लिया जाए। आजकल उनमें से किसी के विषय में भी कोई अच्छा समाचार नहीं मिल रहा था। रोग-शोक के ही समाचार आते थे। जाने कौन कितनी आयु लेकर आया था। कुछ लोगों को अपने अंत का भी आभास होने लगा था। उस अंत से पहले मिलते-जुलते रहना चाहिए। ...

आर्थिक स्थिति लगभग सबकी ही ऐसी थी कि हवाई यात्रा कर सकते थे, होटल में रुक सकते थे। यह कोई बहुत बड़ा आर्थिक बोझ नहीं था। तो अपने पुराने साथियों से क्यों न मिल लिया जाए? आगे जाने कैसे दिन आएँ। जिसको देखो, यदि जीवित है तो अपने बच्चों के पास यूरोप-अमरीका जा बैठा है। बच्चों का मोह छोड़ना कोई सरल है क्या ...

कुछ उत्साही लोगों के पराक्रम से कार्यक्रम बन ही गया।

अपनी प्रकृति से बाध्य, मोहन समय का पक्का था। उसकी समय-निष्ठा कुछ लोगों के लिए आतंक बन गई थी। ... आज भी हॉल में वही सबसे पहले आकर, अपनी पत्नी के साथ अकेला खड़ा था। अकेला। दो अकेले। नहीं एक अकेला जोड़ा। अभी और कोई आया ही नहीं था। लड़कियाँ तो सब अपने कमरों में हार-शृंगार कर तैयार हो रही होंगी और उनके पति अपनी-अपनी घड़ियाँ देख रहे होंगे; दाँत पीस रहे होंगे।

एक महिला सीढ़ियाँ उतर रही थी। उसने इधर-उधर देखा, जैसे किसी को खोज रही हो। और फिर बाहर निकलने ही वाली थी कि मोहन को संदेह हुआ कि

क्या यही महिला एम.ए. के दिनों में प्रतिभा जोशी नाम की लड़की हुआ करती थी? क्लास की सबसे सुंदर लड़की! उसके साथ की सीट पर, उसके आगे-पीछे की सीटों पर, बैठने के लिए लड़कों में होड़ लगी रहती थी। बलदेव अपने साथ सब से महँगी, अच्छी तरह से छिली हुई, एक अतिरिक्त पेंसिल लाया करता था। प्रतिभा की पेंसिल टूटी या घिसी तो बलदेव पेंसिल के साथ हाज़िर। कितने ही लड़के उसके लिए अलग से एक फाइल लाया करते थे, कागज़ लाया करते थे। उनका वश चलता तो वे उसके लिए लंच भी ले आते। पर वह किसी को घास ही नहीं डालती थी। उसके साथ तो उसकी एकमात्र सहेली, अंजलि चिपकी रहती थी ... दो हंसों का जोड़ा ...

आज क्या हो गई है वह! अधेड़ भी नहीं, वृद्धा। किंतु 1963 में एम.ए. करने के पश्चात् अब 2017 में ... आधी शताब्दी के बाद। बीच में कभी भेंट ही नहीं हुई। ... पचहत्तर वर्षों का तो वह स्वयं हो चला था। वह भी इससे कम क्या होगी। वह स्वीकार तो नहीं करेगी; किंतु काल की यात्रा को कोई छिपा कैसे सकता है? चेहरे की पुताई कोई कितनी भी कर ले।

मोहन का हृदय डूबने-सा लगा था। ... तो उसके साथ की सारी लड़कियाँ पचहत्तर-पचहत्तर वर्षों की हो गई हैं। सब वृद्धाएँ ... विश्वविद्यालय वाला कोई मुखड़ा नहीं दिखेगा? तो वह इस सह-मिलन में क्या करने चला आया है?

"प्रतिभा!" उसने पुकार ही लिया।

प्रतिभा ने मुड़कर उसकी ओर देखा।

"पहचाना?"

"मोहन?" वह जैसे खुल पड़ी, "अरे, तुम न तो औरों के समान गंजे हुए हो, न तुम्हारे बाल पूरी तरह से सफेद हुए हैं। और अभी तक बिना छड़ी के सीधे खड़े हो। हाउ ग्रेसफुल।" वह रुकी, "एम.ए. वाला तुम्हारा वह चेहरा अभी तक पहचाना जा सकता है।"

सुनकर उसे अच्छा लगा।

मोहन को भी प्रतिभा का उन दिनों का चेहरा याद आ रहा था; किंतु उन दो वर्षों में उसने उससे कभी इतनी बात भी नहीं की थी, जितनी आज अभी तक हो गई थी। तब तो वह आसमान से नीचे उतरती ही नहीं थी। आज ऐसे बोल रही है, जैसे कभी उसकी आत्मीय सखी रही हो।

"यह कामिनी ही है न?"

"हाँ।"

"लकी गर्ल। तुम दोनों के विवाह की सूचना मिली थी।"

"पर तुम आईं तो नहीं।"

"तुमने बुलाया कहाँ था।"

"मेरे पास तुम्हारा पता नहीं था।"

"पता होता तो बुला लेते?"

"बुलाना तो चाहता।" मोहन ने विषय बदला, "तुम्हारे पति?"

वह खिलखिला पड़ी, "मैंने पति के रूप में अपने किसी सहपाठी को नहीं चुना। मेरे माता-पिता ने अपनी बिरादरी का एक धनी डाक्टर चुनकर मुझे उसे सौंप दिया।"

"तो उसमें बुराई ही क्या है?"

वह फिर हँसी, "बुराई? बुराई यही है कि वह यहाँ नहीं आया। किसी रोगी शरीर की चीर-फाड़ कर रहा होगा। वस्तुत: उसे किसी ने बता दिया था कि तुम भी आ रहे हो। इसलिए वह दर्पण में अपनी चमकती चाँद, और पतलून से उबलती तोंद देखता रहा। यहाँ आकर तुम्हारा सामना कैसे करता? तुम्हें देखता तो यही सोचते-सोचते पागल हो जाता कि मैंने तुम्हें क्यों नहीं चुना?" उसने हँसी में अपना वाक्य डुबो देने का प्रयत्न किया।

"स्पष्ट है। मुझे कैसे चुनतीं : न तो मेरे पास वैसी चाँद है, न वैसी तोंद।"

वह फिर खिलखिला पड़ी, "तुम अब भी बातें अच्छी कर लेते हो। ... अब भी अर्थात् बुढ़ापे में भी।"

"बूढ़ा कह रही है तुम्हें।" कामिनी ने उसे अपनी कोहनी चुभाई।

"कहने दो। वह कौन-सी जवान है।"

मोहन ने एम.ए. के उन दो वर्षों में उसे कभी इस प्रकार खिलखिलाते नहीं देखा था, नहीं तो जाने जीवन कौन-सा मोड़ लेता। ... अब वह उसे तनिक भी वृद्ध नहीं लग रही थी। उसके अधरों पर जैसे पुष्पों की लताएँ झूल रही थीं और आँखों के दीए, दीपावली मना रहे थे। उसकी आँखों का आकर्षण अब तक उसी प्रकार विद्यमान था। वे आँखें अपनी ओर खींचती थीं। मोहन ने कभी कहा नहीं, किंतु वह उन्हें 'अजगर की आँखें' मानता था। लगता था, सामने वाले को निगल ही जाएँगी पूरा का पूरा – समूचा।

"कामिनी, तुम बोलती नहीं हो क्या?" उसने पूछा।

"तुम फुरसत दो तो बोलूँ।"

"ओह जेलस। या पोज़ेसिव। वेरी नेचरल।" और वह चली गई।

तभी एक और जोड़ा हॉल में प्रविष्ट हुआ। कौन थे वे? पति उनका सहपाठी रहा था या पत्नी या दोनों ही? उन दोनों में से कोई भी उसकी पहचान में नहीं आ रहा था।

"कौन हैं ये?"

"मैं भी पहचान नहीं पा रही हूँ।" कामिनी ने कहा।

उसी क्षण वह महिला, जैसे उन्हें देखकर उनकी ओर झपटी।

"मोहन! मेरे भाई!" वह उसके गले से लग गई थी।

मोहन कुछ अटपटा गया था। वह उसे पहचान भी नहीं रहा था। ... और वह! ... प्रतिभा जोशी ऐसे टूटकर गले लगी होती तो कोई बात भी थी। ... यह सत्तर-अस्सी साल की बुढ़िया। ... सिर पर जैसे अंग्रेज़ों के समय के जजों के समान नकली सफेद बालों का विग लगाए ...

"कैसी हो?"

"बढ़िया। बेटी अपने घर चली गई है और न्यूज़ीलैंड में जा बसी है। बेटा एक चीनी लड़की के साथ हाँगकांग में रह रहा है। एक पोता है। मैं तो पोते को देखने को भी तरस गई हूँ। पता नहीं, उन्होंने विवाह भी किया है या ऐसे ही बच्चे पैदा कर रहे हैं?"

"सबके साथ यही हो रहा है।" कामिनी ने उसे अपनी ओर आकृष्ट किया, "मैं कामिनी। पता नहीं तुम्हें याद है कि नहीं। एम.ए. के बाद मैंने और मोहन ने विवाह कर लिया था।"

"अच्छा किया। अच्छा किया। सबको कर लेना चाहिए।"

उसके पति ने मोहन का हाथ पकड़ा और एक कोने की ओर चल पड़ा।

वे इतनी दूर आ गए थे कि पीछे खड़े लोग उनकी बातें सुन न सकें।

"यह पद्मा है। पता नहीं, आपने उसे पहचाना या नहीं?"

"ओह, तो यह पद्मा शर्मा है। मैंने उसे सचमुच नहीं पहचाना था।"

"उसने आपका नाम लिया और आपके गले भी लगी। किंतु इसका अर्थ यह एकदम नहीं कि उसने आपको ठीक-ठीक पहचान लिया। कई वर्ष पहले एक बार चक्कर खाकर गिर पड़ी थी। उसके बाद से उसको स्मृति-विभ्रम का रोग हो गया है। बहुत सारी बातें भूल गई है। लोगों को पहचानने में भी गड़बड़ कर

जाती है। नाम किसी का लेती है और उसे समझती कोई और रहती है। मैंने सोचा कि इससे पहले कि वह कोई अटपटी बात करे, मैं आपको बता दूँ। आपसे प्रार्थना है कि आप उसकी किसी बात का बुरा न मानें। न विरोध करें। मानसिक रोगी मानकर उसे क्षमा कर दें। बेटी न्यूज़ीलैंड में है, किंतु बेटा हमारे साथ ही रहता है। अभी अविवाहित है। हाँगकांग में कोई नहीं है; किंतु वह नहीं मानती और अपने पोते के लिए रोती रहती है।" वे रुके, "कभी-कभी तो वह अपना घर भी नहीं पहचान पाती और कहीं की कहीं चल देती है। इसलिए हम उसे कहीं भी अकेली नहीं जाने देते। ..."

"ओह, वेरी सैड।" मोहन ने कहा, "आशा है आप बुरा नहीं मानेंगे, मैंने आपको भी पहचाना नहीं है।"

"मैं आपके सहपाठियों में से नहीं हूँ।" उसने कहा, "वैसे मेरा नाम कमलनयन है। आई.ए.एस. अधिकारी के रूप में रिटायर हुआ हूँ। मैं विदेश मंत्रालय में जॉइंट सेक्रेट्री था। रिटायरमेंट के पश्चात् पद्मा के रोग के कारण और कोई काम नहीं कर सका। उसकी देखभाल ही बड़ा काम है।"

"मैं डॉ. मोहन काबरा हूँ। हम एम.ए. में साथ-साथ थे। एम.ए. के पश्चात् मैं विश्वविद्यालय में ही पढ़ाने लगा था। वहीं से रिटायर हुआ हूँ।" मोहन ने उससे हाथ मिलाया, "आपसे मिलकर प्रसन्नता हुई।"

वे दोनों अपनी-अपनी पत्नियों की ओर चले गए।

"क्या बता रही थी?" मोहन ने पूछा।

"अपनी बहू की निंदा कर रही थी, जो उसके पोते को लेकर उसके पास नहीं आती, न उसे बुलाती है। बहुत परेशान है, अपने पोते के लिए।"

"हूँ। उसके पति ने बताया कि उसे विस्मृति या मतिभ्रम का रोग है।" मोहन बोला, "उसका कोई पुत्र हाँगकांग में नहीं है। न कोई चीनी बहू है, न कोई पोता है। ... वे सब उसकी कल्पना के संसार में बसते हैं।"

"केशव और इंदिरा नहीं आए?" मोहन बोला।

"तुम तो उन्हीं से मिलने आए होगे।"

"सच कहा। मैं तो केशव से मिलने ही आया था।"

"वे आए हैं। उधर देखो।"

लोगों से घिरा हुआ केशव पहियों वाली कुरसी पर बैठा था। इंदिरा उसके पास ही खड़ी थी।

"बड़े जीवट का आदमी है। इतने रोग झेलकर भी अभी तक चलता-फिरता है, मिलता-जुलता है, हँसता-खेलता है। मेरे जैसा कोई होता तो घर में ही बंद हो गया होता।"

"आपकी वह परी भी आई हुई है।" कामिनी ने कहा।

"कौन? जुलियाना?"

"हाँ वही। समझ में नहीं आता कि उसका नाम जलयाँ वाले बाग से जोड़ूँ या झूलेलाल से।"

"तुम उसे मेनका ही कहा करो।"

"आज मिले हैं, फिर जाने कभी मिलने का संयोग हो भी या नहीं।" कामिनी ने कहा, "यहाँ आकर तीन लोगों की मृत्यु की सूचना मिल चुकी है। राजेंद्र, त्रिपाठी और आकाश। और हाँ, गीता भी नहीं रही।"

"इस उम्र में यही सब होता है। यही सुनना और झेलना होता है।" मोहन ने कहा, "अकबर इलाहाबादी ने विदेश से लौटकर कहा था न :

लौटकर आया हूँ वतन में, पर उसकी क्या खुशी।
जिस-जिसको पूछता हूँ, यह सुनता हूँ, मर गए॥"

"अरे, मीनाक्षी अब आ रही है?" कामिनी ने कहा।

मोहन ने मुड़कर देखा : वह सीधी चल नहीं पा रही थी। उसके एक हाथ में छड़ी थी और दूसरा हाथ एक युवती के कंधे पर था।

"कैसी हो मीनाक्षी?"

"चार महीने हो गए लँगड़ाते हुए। तुम कभी हाल पूछने भी नहीं आए।" वह बोली, "कूल्हे की हड्डी टूट गई थी। अब ठीक हूँ। ... हाँ, यह मेरी बेटी है – सुरेखा। अब इसका कंधा है और मेरा हाथ। इसी की हिम्मत पर यहाँ आई हूँ।"

"कोई बात नहीं। थोड़ा समय और।" मोहन ने कहा, "ठीक हो जाओगी।"

"यदि दूसरा कूल्हा टूट न गया तो।"

"सँभलकर चलो। गिरना मत। कूल्हा कहीं नहीं जाता।"

"गिरने से भी हड्डी टूटती है और हड्डी टूटने पर भी आदमी गिरता है।" सुरेखा बोली, "इस उम्र तक आते-आते हड्डियाँ खोखली हो जाती हैं। बैठे-बैठे भी चटक जाती हैं।"

"सुरेखा ऑर्थोपीडिक सर्जन है। इसलिए मैंने अपनी हड्डियों की चिंता इस पर छोड़ रखी है।"

"तुम्हारे पति नहीं आए?" मोहन ने पूछा।

"उनके बदले इसको ले आई हूँ न।" मीनाक्षी बोली, "गलत बोल गई। मैं इसको क्या लाऊँगी। यही मुझे लाई है।"

"प्रतिभा के भी पति नहीं आए।" मोहन ने कहा।

"उसने बताया नहीं?" मीनाक्षी ने पूछा।

"क्या?"

"वे दोनों तो दस-बारह वर्ष पूर्व ही एक-दूसरे से अलग हो चुके हैं। उसका पति अपने बेटे के पास अमरीका चला गया है। और यह लफंगी सारी दुनिया में भटकती आत्मा के समान मारी-मारी फिरती है।"

"ओह। उसने ऐसा कुछ नहीं बताया। किस्सा अलिफलैला सुनाती रही।" मोहन बोला, "चलो केशव से मिल लें।"

केशव और इंदिरा भी उनकी ओर आ रहे थे।

"कैसे हो भाई तुम?"

"ठीक हूँ। जबड़े का कैंसर भुगत चुका। रीढ़ के दो ऑपरेशन करवा चुका। चालीस साल से डायबिटीज़ से कुश्ती लड़ रहा हूँ। वैसे ठीक हूँ। खाता-पीता हूँ। घर में चलता-फिरता हूँ। बाहर जाने के लिए यह पहियों वाली कुरसी है। पाँच-सात किलोमीटर गाड़ी भी चला लेता हूँ। भोजन से अधिक दवा की गोलियाँ खाता हूँ; बट आयम कंफर्टेबल।" वह रुका, "कामिनी, तुम बुरा न मानो तो एक बात कहूँ।"

"कहो न।"

"आज मोहन की सारी प्रेमिकाएँ आई हुई हैं।"

"प्रेमिकाएँ! प्रभु-कृपा से मुझे तो यह वृद्धाश्रम लग रहा है।" मोहन बोला, "मेरा तो दिल ही टूट गया है। जिन सुंदर चेहरों को देखने की तृष्णा लिए आया था, वे सब दंतविहीन, झुर्रियों वाली हो चुकी हैं। पुताई चाहे कितनी भी कर लें।"

"जब हम पचहत्तर के हो गए तो वे सोलह वर्षों की रहेंगी क्या?" केशव बोला, "पर तेरा दर्द मैं समझता हूँ। तेरी तो फुलवारी ही उजड़ गई। पता नहीं, कितने सुंदर सपने सजाकर आया होगा।"

"कवि-हृदय लोगों की यही समस्या है।" इंदिरा ने कहा।

मीनाक्षी जोर से हँसी, "मोहन की समस्या यह नहीं है।"

"तो क्या है?"

"यह चाहता होगा कि एक-एक कर बूढ़ी हों। यहाँ तो सबकी सब एक साथ ही बुढ़ा गईं। झुंड की झुंड।" वह फिर हँसी, "भगवान का न्याय देखो, सारी प्रेमिकाएँ एक ही बैच में थीं। पाँच-दस बैचों में बँटी होतीं तो स्थिति इतनी बुरी न होती।"

"कितनी प्रेमिकाएँ थीं इनकी?" कामिनी ने पूछा।

"प्रेमिकाएँ थीं, प्रियाएँ नहीं।" मीनाक्षी बोली, "और उसमें मोहन का क्या दोष। उसमें इतने आकर्षण थे कि जो देखती, टूट पड़ती। तुम्हें वह ऑनर्स वाली लड़की याद है, बड़ी बड़ी आँखों वाली; जो मोहन के साथ नाटक में भी थी?"

"याद है, याद है।" केशव बोला, "वह तो मुझे भी अच्छी लगती थी।"

"किंतु संदेशे तो वह रोज़ मोहन को भेजती थी न, अपनी उस चेली के माध्यम से।"

"ओह, यह रहस्य तो मुझे मालूम ही नहीं था। मैं तो एक को ही जानती हूँ। आज भी फोन करती है।"

"डरो मत। अब कोई संकट नहीं है।" केशव लापरवाही से बोला, "फोन पर वह भी अपने रोगों की सूचना देती होगी और दवाइयों की सूची गिनाती होगी।"

केशव की दृष्टि मोहन पर स्थिर हो गई, "मोहन, तुम मेरी कुरसी को धकेलकर एक कोने में ले चलो। एकांत में भी तो कुछ बातें कर लें।"

"इस उम्र में भी एकांत की बातें।" इंदिरा कुरसी का हैंडल छोड़ पीछे हट गई।

"तुम लोगों की यही तो मुसीबत है।" केशव बोला, "तुम लोग समझती हो कि हम लोग अभी से बूढ़े हो गए हैं।"

"इनको छोड़ो।" कामिनी ने कहा, "तुम इनकी मैत्री को तो जानती ही हो। दो भले लोग मित्र बन जाएँ तो लफंगे हो जाते हैं।"

मोहन कुरसी को धकेलता हुआ उनसे दूर चला गया। उसके मन में यूनिवर्सिटी के दिनों की जैसे रील ही चल रही थी। ... उन दिनों उन दोनों में से किसी का भी हाथ खुला नहीं था; किंतु केशव प्रबंध का धनी था। जेब में एक पैसा भी न हो और वह मोहन के लिए गर्म सूट सिलवा सकता था। वह अपना जन्मदिन मनाए न मनाए, मोहन का जन्मदिन किसी अच्छी जगह खाना खाए बिना नहीं बीत सकता था। उसे मोहन का प्रत्येक भेद मालूम था। किसी को

कोई संदेश भेजना हो, पत्र पहुँचाना हो, मिलने का समय तय करना हो, वह सबके लिए तैयार था। वह न कभी स्वयं निराश हुआ था, न किसी को निराश होने देता था। ...

मोहन रुक गया, "क्या बात है?"

"यह अपने कंधे पर किसके बाल का विज्ञापन चिपकाए घूम रहा है?" वह बोला, "सफेद बाल है, कामिनी का तो नहीं होगा।"

"कहाँ है?"

"तुझे दिखाई भी तो नहीं देता।" वह बोला, "क्यों अपना दिन खराब करने पर तुला हुआ है। जो देखेगी, झटक देगी कि यह तो पहले ही किसी के गले लग चुका है।"

मोहन ने अपने हाथ से कंधा झाड़ा, किंतु कुछ नहीं मिला। केशव ने खड़े होकर स्वयं बाल निकालकर उसके हाथ में दे दिया, "किसका है?"

"यार, वह पद्मा ही आते ही 'मेरे भाई' कहकर गले लग गई थी।"

"हाँ, उसी का होगा। तभी सफेद है। बाकी सबके तो रँगे हुए हैं।" केशव बोला, "यह तो अच्छा ही है कि किसी ने देखा नहीं। नहीं तो आज भी कोई न कोई दुर्घटना हो जाती।"

"'आज भी' का क्या अर्थ?"

"तुम्हें शायद याद भी न हो। विश्वविद्यालय के दिनों की बात है। उस दिन तुम कामिनी से मिलकर आए थे और तुम्हारे कंधे पर एक बाल चिपका हुआ था। जोर का आलिंगन किया होगा। ..."

"क्या बक रहा है?" मोहन ने कहा।

"सुन तो।" केशव बोला, "तुम्हारे कोट के कंधे पर बड़ी प्रमुखता से एक लंबा बाल चिपका हुआ था। आज तो मैंने ही देखा है, उस दिन सबने देखा था।"

"तो?"

"नीलम ने भी देखा था। उसने तुम्हारे और कामिनी के आकर्षण के विषय में सुना तो था, किंतु शायद उस पर विश्वास नहीं किया था। उस बाल ने उसे सब-कुछ बता दिया था। उसकी सारी आशाएँ तोड़ दीं। वह एक कोने में छुपकर बहुत रोई थी उस दिन। उसकी सखियाँ उसे चुप कराते-कराते हार गईं। मैं तो उसे देखकर डर ही गया था कि कहीं वह फैकल्टी की छत से नीचे कूद ही न जाए।"

"कूदी तो नहीं न।"

"बड़ा निर्मोही है यार तू। तू चाहता है कि वह कूदकर अपनी हड्डियाँ तुड़वा लेती और तू कामिनी के साथ लोधी गार्डन की सैर करता। ... मेरे लिए कोई इतना रोती तो मैं उसी समय उसे गले लगा लेता।"

"इंदिरा को बता दूँ?" मोहन बोला।

"बता दे, बता दे। नीलम रोई तो तुम्हारे लिए थी। इंदिरा भी जानती है।" केशव ने कहा, "उसके पश्चात् वह विश्वविद्यालय भी बहुत कम आई। परीक्षा के पश्चात् तो वह कहीं विलीन ही हो गई।"

"यह सब मेरे ही कारण हुआ?" मोहन बोला।

"नहीं। उस बाल के कारण हुआ, जो तेरे कोट के कंधे पर किसी देश के राष्ट्रीय ध्वज के समान गर्व से लहरा रहा था।"

केशव ने खड़े होकर उसके कंधे से वह सफेद बाल उतारकर फर्श पर गिरा दिया।

"अब कोई संकट नहीं है।" वह बोला, "उस बाल को देख लेतीं तो तुम्हारी सारी सखियाँ जो आज तुमसे मिलने के लिए आई हैं, तुम्हारा मुँह भी न देखतीं।"

"आज भी।" मोहन बोला, "भई केशव, तूने तो मेरे भीतर फिर से जीवन का उजाला जगा दिया। इंद्रधनुष उगा दिया मेरे मन के आकाश में। मैं तो सारी आशाएँ-अपेक्षाएँ छोड़कर रोग-शोक के भवसागर में डूब रहा था।"

"नहीं, ऐसी कोई बात नहीं है। तू किसी को गले लगाकर तो देख।"

"ताकि कामिनी मुझे छोड़ जाए।" मोहन हँसा, "किस चक्कर में फँसा रहा है मुझे। अब एक ही है, और कोई नहीं है।"

केशव कुरसी पर बैठ गया, "चल, ले चल। लोग खाने की मेज़ पर जा रहे हैं।"

खाना लग चुका था। कुछ लोगों ने तो प्लेटें भी हाथ में ले ली थीं।

"मोहन, शंकर लाल गोयल का कोई समाचार है?" पद्मा पूछ रही थी।

मोहन के मन में एक बहुत पुराना तार झंकृत हो उठा : वह जानता था कि गोयल की रुचि पद्मा में थी। वह दीवाना था उसका; किंतु पद्मा ने तो कभी पलटकर उसकी ओर देखा भी नहीं था। आज इतने वर्षों के बाद वह उसके विषय में पूछ रही थी।

"हाँ, वर्षों पहले मैं अपने कुछ साहित्यिक मित्रों की सहायता से अपने मकान के लिए लकड़ी खरीदने के लिए टिमरनी गया था। वहाँ ज्ञात हुआ कि वहाँ का एक स्थानीय लड़का दिल्ली से एम.एम. की डिग्री लेकर आया था और वह प्रथम श्रेणी में प्रथम रहा था। किंतु यहाँ आकर पढ़ने-पढ़ाने की बात छोड़कर अपने पिता के व्यवसाय में लग गया था। ...

"आप उससे मिलना चाहेंगे?"

मुझे स्मरण हो आया कि हमारे साथ टिमरनी का एक लड़का था। वह लड़कियों को बताया करता था कि उसके पिता टिमरनी में जंगल के ठेकेदार हैं। उनके पास अपने पंद्रह ट्रक हैं। ... और वही गोयल किसी और के पैसों से जब चाय पीने लड़कों के पास आता था, तो बताता था कि उसके पिता टिमरनी में ट्रक-ड्राइवर हैं और ट्रक भी किराए का है। और वह प्रथम श्रेणी में प्रथम ... वह तो ढंग से द्वितीय श्रेणी के अंक भी नहीं ला पाया था। ... अब मैं उन्हें क्या बताता कि वह पढ़ना-पढ़ाना छोड़कर पिता के व्यवसाय में क्यों लग गया था ...

"नहीं, मुझे उससे नहीं मिलना है।" मैंने कहा था।

"बेचारा हीन भावना का मारा हुआ था।" केशव ने कहा, "फीस माफ करानी होती थी तो फटा कुरता-पाजामा पहनकर आ जाता था, वैसे क्लास में सूट पहनकर आता था।"

"अच्छा, सूरी का किसी को पता है?" तिवारी ने पूछा, "मैं एक बार उससे मिलना चाहता हूँ।"

"हाँ। जबसे उसकी पत्नी का देहाँत हुआ है, वह हार्मोनियम में डूब गया है।" मोहन ने बताया।

"दूसरा विवाह नहीं किया?"

"नहीं।"

"किंतु मैंने तो सुना था कि वह किसी लद्दाखी औरत के साथ रहता है।"

"अरे, वह तो घर का काम करने वाली बाई है। वह उसकी पत्नी के जीवन-काल से उनके घर में काम करती है।"

"तो क्या हो गया? रहता तो उसी के साथ है न।"

"उसके सहारे से रहता है। उसके साथ नहीं रहता। रहता तो हार्मोनियम के साथ है।"

"तुम्हें कभी मिलता है?"

"हाँ, हेल्थ सेंटर में दवा लेने आता है, तो कभी-कभी नमस्कार हो जाता है।"

"अभी दवाओं की दुकानों पर तो मिलते हैं, भविष्य में तो श्मशान में ही मिलेंगे।"

थोड़ी देर में प्रतिभा जोशी कहीं से घूम-फिरकर आ गई।

"कहाँ चली गई थी? यहाँ तुम्हारे दीवाने पागल हो गए थे।" चंपा ने कहा।

"वह तो होना ही था।" वह बोली, "तुम सब बुढ़ा जो गई हो।"

"पर गई कहाँ थी?"

"अपने कमरे में गई थी। लिपस्टिक ठीक करनी थी।"

"उसने प्लेट उठाई। चिकन की टाँग और आधी नान ली।

"मोहन, बात सुन।" वह एक ओर चल पड़ी, "कामिनी, तुम मत आना।"

"यह साली ..." केशव हँस रहा था।

वह कोने की मेज़ पर जा बैठी, "बैठो।"

मोहन बैठ गया।

"नीलम याद है तुमको?"

मोहन का शरीर झनझना गया। केशव भी उसी की बात कर रहा था और यह भी। ...

"हाँ, याद है।"

"कुछ दिन पहले मिली थी। तुम्हारे विषय में पूछ रही थी।"

"क्या पूछ रही थी?"

"तुम कभी उसे याद करते हो क्या?"

"वह याद करती है क्या?" मोहन प्रश्न को टाल गया।

"पिछले सप्ताह तुम्हारी जो नई पुस्तक आई है, उसे पढ़ रही थी। इसका अर्थ है कि याद तो करती ही है।"

मोहन ने असाधारण रोमाँच का अनुभव किया।

"तुम भी पढ़ती हो?"

"मैं जनम-जनम की अनपढ़। मैं क्या पढ़ूँगी।" वह बोली, "वह तुमसे मिलने की बात भी कर रही थी; पर शायद कामिनी से डरती है या फिर अपने घाव कुरेदना नहीं चाहती। वर्षों पहले उसने तुम्हारे कंधे पर किसी स्त्री का बाल क्या देखा, उसकी आशाओं का हिमालय ही पिघल गया।"

"अच्छा हुआ, वह आज नहीं आई।"

"क्यों? आज भी तुम्हारे कंधे पर बाल था क्या?"

वह हँसा और उठकर खड़ा हो गया, "चलूँ।"

"पत्नी के पास?"

"हाँ।"

"इतना डरते हो?"

"डरता नहीं, उससे प्यार करता हूँ।"

"हाय मैं मर जावाँ।" वह बोली, "सुनो, मैं तुम्हारी किताबें तो नहीं पढ़ती; किंतु इस समय मन हो रहा है कि नान और चिकन का एक कौर अपने हाथों से तुम्हें खिला दूँ। विश्वविद्यालय में भी तो तुम्हारी सखियाँ अपने लंच के साथ तुम्हारे लिए कुछ न कुछ मीठा लाया करती थीं। मैंने तब नहीं खिलाया, अब खिला दूँ अपने हाथ से। पर मेरी अंगुलियाँ चूमने का प्रयत्न मत करना।" उसकी हँसी में शरारत थी, "किंतु कामिनी देख लेगी। मैं तुम्हारा दिन बरबाद करना नहीं चाहती।"

"जाऊँ?"

"जाओ। अपने कंधे पर उसका एक बाल सजा लो।" वह हँसी।

वह भी हँसा। क्यों बताता कि वर्षों पहले उसके कंधे पर लगे उस बाल ने आज फिर उसके जीवन में इंद्रधनुष उगा दिया है।

अपने-पराए

रोहित मौन बैठे थे। उनकी ऊहापोह उनका पीछा ही नहीं छोड़ रही थी। ... प्रिया का शरीर अब नहीं था, पर उसका अस्तित्व तो समाप्त नहीं हुआ। उसका वर्तमान नहीं है। उसका भविष्य वे नहीं जानते, किंतु उसका अतीत तो उनके पास है। उसकी स्मृतियाँ उनसे कौन छीन सकता था। ...

अनायास ही प्रिया के जन्म से लेकर अंत तक की घटनाएँ उनके मन में उमड़ने-घुमड़ने लगीं। ... उसका जन्म, उसका शैशव, उसका बालपन, किशोरावस्था, युवावस्था ... बच्चे की अपने माता-पिता से अपेक्षाएँ और प्रिया के प्रति उनका अपना व्यवहार। ... उन चित्रों की पृष्ठभूमि में से कभी-कभी उनका अपना बचपन भी झाँक जाता था। ... वे जैसे किसी निष्कर्ष पर पहुँच रहे थे ...

"अब माता-पिता के दृष्टिकोण में बहुत अंतर आ गया है।"

"कैसा अंतर?" प्रदीप ने पूछा।

वे जानते थे कि और कोई पूछे न पूछे, प्रदीप अवश्य पूछेगा। उसे तो कहीं भी टाँग अड़ाने का अवसर मिलना चाहिए।

"अब माता-पिता स्वयं को अपने बच्चों से पहले नहीं रखते। उन्हें अपने आपसे भी अधिक बच्चों का ध्यान रहता है।"

"यानी?" प्रदीप ने पुनः पूछा। वह किसी भी बात को केवल सिद्धांत-वाक्य से ग्रहण नहीं कर पाता था।

"ऐसा नहीं होता कि सबसे अच्छा माता-पिता खाएँ और जो बच जाए, वह बच्चों को दिया जाए।" रोहित ने उत्तर दिया, "हमने आजीवन प्रयत्न किया है कि बच्चों को सबसे अच्छा मिले – अच्छा खाना, अच्छा पहनना, अच्छा रहना, अच्छा पढ़ना। अच्छी चिकित्सा ..."

"पहले भी तो यही था।" संदीप बोला, "मुझे तो स्मरण नहीं कि पापा जी और भाभी जी ने अच्छे पके फल खाए हों और हमें सड़े या कच्चे खिलाए हों। स्वयं मलाई वाला दूध पिया हो और हमें पानी वाला पिलाया हो। हमें सस्ते कपड़े पहनाए हों और स्वयं बहुमूल्य कपड़े पहने हों। ..."

"मैंने तो यही सब देखा है।" रोहित कुछ क्षुब्ध स्वर में बोले, "मैंने देखा है कि पिता जी को सबसे बड़े गिलास में दूध दिया जाता था। उस दूध पर मलाई की मोटी परत होती थी। मुझे अच्छी तरह याद है कि हमें मक्खन नहीं दिया जाता था, और वे दोनों – हमारे वे पिता जी और माता जी – अपनी दाल-सब्जी में मक्खन तैराते थे। घर में जो घी बनता था, वह उन दोनों के लिए आरक्षित होता था। हमारे लिए तो तब से ही डालडा वनस्पति आ रहा है।"

रोहित ने बड़ी कठिनाई से भुलाया था यह सब। पचास वर्षों से ऊपर हो चुके थे उनको उस परिवेश से बाहर निकले, पर आज लग रहा था कि वे चाहे उस परिवेश के मध्य नहीं हैं, पर वह सारा परिवेश तो आज भी उनके भीतर जमा हुआ है। वे तो मुक्त होना चाहते हैं, किंतु वह परिवेश ही उनको नहीं छोड़ता।

वे कैसे भूल जाएँ कि उनका सारा बचपन खाने और पहनने को तरसते हुए बीता है। घर में सब-कुछ था, पर वह उनके लिए नहीं था। खाने को वही मिल सकता था, जो उन दोनों से बचता था। उन दोनों से, जिन्हें वे माता जी और पिता जी कहते थे। कपड़ा वही मिलता था, जो पिता जी के पुराने कपड़ों में से काट-छाँटकर बन सकता था। उनके लिए नया कपड़ा सिलवाने के लिए वे एक पैसा खर्च करने को तैयार नहीं थे। ... स्कूल की पढ़ाई के बाद पिता जी उन्हें टैक्निकल स्कूल में प्रवेश दिलाने के लिए ले गए थे। वैसे तो उन्हें समारोहपूर्वक तैयार किया गया था, किंतु वे ही जानते हैं कि उस दिन उन्हें कैसा विदूषक बनाया गया था। उसे स्मरण कर आज भी उनका मन अपमान से तपने लगता है। पिता जी की कोई पुरानी सलवार और उन्हीं की कमीज़। ऊपर से टोपी। यह सब-कुछ उनके नाप से इतना बड़ा था कि कोई भी समझ सकता था कि वे माँगे के कपड़े

थे ... इच्छा होती थी कि कहीं भाग जाएँ। पर कहां भाग जाएं? और फिर जब वे पकड़कर मँगवाए जाएँगे, तो उनकी चमड़ी ही उधेड़ ली जाएगी। फिर कभी भागने योग्य ही नहीं रहेंगे। ... बिना कुछ किए ही इतनी पिटाई होती थी। कुछ कर बैठे तो जाने क्या होगा ...

"वह समय ही कुछ ऐसा था।" रोहित बोले, "माता-पिता बहुत कठोर होते थे। बड़ों की इच्छा के अनुसार चलना ही बच्चों का धर्म था। वह उनकी बाध्यता भी थी। कर ही क्या सकते थे। आज के समान थोड़ी ..."

"माता-पिता कठोर तो होते थे, किंतु वे अपने बच्चों से प्रेम नहीं करते थे, ऐसी बात नहीं है। यह तो प्रकृति का सनातन सत्य है। माता-पिता अपनी संतान पर जान न छिड़कें, तो बच्चे पल ही नहीं सकते।" संदीप ने कहा।

वह कुछ और भी कहता, किंतु रोहित ने उसकी बात काट दी, "सिद्धांत मत बघारो। व्यावहारिक जीवन की बात करो। जीवन में जो देखा है, वह बताओ।"

"पापा जी बहुत समर्थ नहीं थे। बहुत सारी चीजें वे हमें नहीं भी लेकर देते थे। पर ऐसा कभी नहीं हुआ कि यह लगा हो कि वे हमसे अधिक स्वयं अपने आपसे प्रेम करते हैं।" संदीप ने उत्तर दिया।

"मुझे तो सदा यही लगा है।" रोहित अपनी बात पर अड़े ही नहीं थे, वे एक प्रकार की खीज का अनुभव कर रहे थे।

"आप उनके साथ रहते थे, जो आपके माता-पिता नहीं थे। उनका मन माता-पिता का नहीं था; किंतु उनको आप पर माता-पिता का अधिकार प्राप्त था और आपके प्रति माता-पिता के दायित्व भी निभाने पड़ते थे। उन्होंने आपको गोद ही तो लिया था, कौन-सा जन्म दिया था!" संदीप ने कहा।

"यह कैसा रहस्य है?" सहसा प्रभा बोली, "मुझे तो अभी तक यह मालूम ही नहीं था।"

"तो तुम्हारे सामने कभी यह चर्चा ही नहीं हुई?" संदीप हँसा, "क्यों भैया? आपने बहू से यह भी छिपाए रखा?"

"छिपाए क्या रखा!" रोहित भावुक हो उठे, "मैंने आजीवन उन सब बातों को भुलाने का प्रयत्न किया है। ... उसमें स्मरण रखने को क्या है?"

"आप अपने जीवन का इतिहास क्या जमशेदपुर आने के पश्चात् से आरंभ करना चाहते हैं?" संदीप बोला, "जैसे पाकिस्तान अपना इतिहास 1947 के बाद से आरंभ करना चाहता है?"

"पूर्वजों के संदर्भ में मेरी और पाकिस्तान की स्थिति कुछ-कुछ समान ही है।" रोहित ने स्वीकार किया, "जो पूर्वज थे, उनको मैं अपना पूर्वज मानना नहीं चाहता और जिन्हें मानना चाहता हूँ, वे मेरे पूर्वज थे नहीं।"

"पर जमशेदपुर से आरंभ करने से भी क्या होगा?" मोहित भैया बोले, "जमशेदपुर पहुँचकर ही हमारी स्थिति कौन-सी अच्छी थी। जब हम जमशेदपुर में चाचा जी के घर पहुँचे, तो हम इतने भूखे थे कि चाची जी को हमारे हाथों से वस्तुत: प्लेटें छीननी पड़ीं। ..."

"भूखे थे का क्या अर्थ?" संदीप चौंका, "मार्ग में खाना भी नहीं मिला था आप लोगों को?"

"आखरी बार शायद अंबाला में खाया था। ..." रोहित भैया ने अपना वाक्य अधूरा छोड़ दिया।

पर मोहित भैया ने वहीं से सूत्र पकड़ लिया। वे वैसे तो अधिक बातें करते नहीं थे। चुप रहने के लिए ही प्रसिद्ध थे। वे न किसी से उलझ सकते थे और न ही तर्क कर सकते थे। बस ऐसे ही कोई अवसर आ जाता, जहाँ पुराने संस्मरण सुनाने होते, तो उनके पास सुनाने को बहुत-कुछ था।

"स्यालकोट से डेरा बाबा नानक आने तक तो हम इतने डरे हुए थे कि भूख-प्यास का पता ही नहीं चला। रास्ते भर हमारी गाड़ी का ड्राइवर जगह-जगह गाड़ी खड़ी कर देता था और हॉर्न बजा-बजाकर सबको बताता था कि यहाँ हिंदुओं से भरी एक गाड़ी खड़ी है, आओ और इन सबको काट जाओ। यह तो भाग्य ही था कि हमारी गाड़ी पर हमला नहीं हुआ और वह कटी नहीं। हाँ! हम डेरा बाबा नानक पहुँचे, तो वहाँ के लोग अपने-अपने घरों से खाना पकाकर ला रहे थे और पाकिस्तान से आने वालों को ढूँढ़-ढूँढ़कर खिला रहे थे। सेना वाले भी भोजन दे रहे थे। ..."

"हमें ऐसी कोई कठिनाई नहीं हुई।" संदीप बोला, "और हम तो डेरा बाबा नानक और अमृतसर में भी अपना खाना खरीदकर ही खाते रहे। पापा जी ने भोजन के लिए न तो हमें नि:शुल्क भोजन की पंक्तियों में खड़ा किया, न स्वयं खड़े हुए।"

"तो उनके पास पैसे रहे होंगे।" मोहित भैया ने कहा, "हमारे पास पैसे नहीं थे।"

"नहीं! पैसे तो नहीं थे। पर भाभी जी के कुछ गहने अवश्य थे।" संदीप बोला, "मुझे आज भी स्मरण है कि स्यालकोट से चलते हुए, भाभी जी ने मुझे

दो-दो कमीज़ें और एक कोट पहनाया था। इतनी गरमी लग रही थी। पर क्या करते। पहने हुए कपड़े तो साथ आ भी गए, वैसे कौन कुछ लाने देता। उसी कोट की आस्तीन को उधेड़कर उसमें भाभी जी ने अपने कुछ छोटे-मोटे गहने भीतर सी दिए थे। पापा जी डेरा बाबा नानक पहुँचकर बाजार गए थे और एक चूड़ी बेच आए थे। उसी से वे हमें किसी ढाबे या सड़क किनारे अँगीठी रखकर रोटियां सेंकते व्यक्ति से खाना लेकर खिलाते रहे। ...”

“सोना तो माता जी के पास भी रहा होगा। रहा क्या होगा, उनके पास था, पर उन्होंने उसे बेचने की बात नहीं सोची।” रोहित भैया के स्वर में शिकायत थी। और फिर न जाने क्यों वे स्वयं ही माता जी के बचाव पर उतर आए, “स्त्री होने के कारण यह सब नहीं सोच पाई होंगी और न ही बेच पाई होंगी।”

“वे आप पर खर्च करने के लिए अपना सोना बेचना भी चाहती थीं?”

“यह भी हो सकता है।” रोहित भैया बोले, “पर मैं अब यह सब याद करना नहीं चाहता। न अपने उन माता-पिता को, जिन्होंने मुझे गोद लिया और न उन माता-पिता को, जिन्होंने मुझे गोद दिया। मुझे उन दोनों में से कोई अपना नहीं लगता। तब सोचता था कि उन लोगों में से किसी को मुझसे सहानुभूति नहीं थी और आज सोचता हूँ तो मुझे उनमें से किसी से सहानुभूति नहीं है।”

“पर गोद लेना और गोद देना कोई ऐसी बुरी बात तो नहीं है।” प्रदीप बोला, “यह तो सदा से ही होता रहा है। संभव है कि पापा जी ने आपका ही भला सोचा हो। सोचा हो कि आपको पिता जी का मकान मिल जाएगा। वह तो कहिए कि उससे पहले ही पाकिस्तान बन गया ... वैसे आपको उनके क्लेम में से कुछ पैसे मिले तो थे।”

रोहित भैया को प्रदीप की बात अच्छी नहीं लगी। बोले, “मेरे वश में होता तो मैं तुम्हें उनको गोद दे देता और उनके क्लेम के रुपए भी तुम्हें ही सौंप देता।”

“ऐसे सोचें कि रोहित भैया को गोद किसने लिया? पिता जी ने या माता जी ने?” संदीप ने पूछा।

“अच्छा, अब यह सब आरंभ मत करो।” रोहित भैया वितृष्णा से बोले, “मुझे नहीं शोध करना इन बातों पर।”

“फिर भी स्थितियों को स्पष्ट करने में क्या हानि है?” संदीप बोला, “मुझे लगता है कि आपके मन में बहुत सारी कटुता है। वह आपके मन में है, तो कष्ट

तो आपका मन ही पाएगा। अब न तो माता जी और पिता जी जीवित हैं, न ही पापा जी और भाभी जी। हम उनके विषय में खुलकर बात कर सकते हैं और ..."

"क्या लाभ? "रोहित भैया बोले।

"लाभ की बात बाद में करेंगे। मेरा प्रश्न है कि आपको गोद किसने लिया था – पिता जी ने या माता जी ने?" संदीप बोला, "पिता जी के आपको गोद लेने का कोई कारण दिखाई नहीं देता। उनके अपने दो बेटे थे ही। एक बेटी भी थी। उस बड़ी उम्र में वे एक छोटा बच्चा गोद लेकर उसे पालने-पोसने का झंझट क्यों करते? वैसे भी पोते के रूप में आप उनके थे ही।"

"तो माताजी की ही क्या मजबूरी थी?" रोहित भैया तड़पकर बोले, "वे पिता जी के साथ आई थीं। उन्हें सब प्रकार की सुख-सुविधा प्राप्त थी। खाती-पीती थीं, मौज करती थीं। जब अपनी संतान नहीं हुई, तो किसी और का बच्चा पालने का झंझट करने की उन्हें क्या आवश्यकता थी?"

"उनकी मजबूरी थी।" संदीप मुसकराया।

"क्या?"

"वे पिता जी के साथ आई थीं। उनकी विवाहिता वे नहीं थीं। विधान की दृष्टि में वे हमारी दादी नहीं थीं, हमारे दादा की रखैल थीं। हम उन्हें दादी मानते हों, पापा जी उन्हें अपनी माँ मानते हों, पर कानून की दृष्टि से वे हमारे दादा की विवाहिता नहीं थीं।"

"तो?" प्रदीप ने कुछ उग्र स्वर में पूछा।

"पिता जी से वे बीस-बाईस वर्ष छोटी तो रही ही होंगी।" संदीप बोला।

"हाँ! पापा जी से वे कुल पाँच-छह वर्ष बड़ी थीं।"

"तो निश्चित था कि उन्हें पिता जी के बाद भी जीना था।" संदीप बोला, "कल्पना कीजिए कि वे पिता जी के देहांत के पश्चात् यह कहकर इस घर से निकाल दी जातीं कि उनका इस घर से अब कोई संबंध नहीं है, तो वे कहाँ जातीं?"

"ऐसा कैसे हो सकता था?"

"हो सकता था। संसार में होता है।" संदीप बोला, "यदि उनकी अपनी कोई संतान होती तो उसका कानूनी अधिकार होता। पर चूँकि उनकी कोई संतान नहीं हुई, इसलिए उस कानूनी अधिकार को बनाए रखने के लिए उन्होंने आपको गोद लिया। पिता जी की जायदाद उनके दो बेटों के साथ आपको भी मिलती और आपकी माँ के रूप में उस जायदाद पर उनका अधिकार होता।"

"ठीक है, कोई कारण रहा होगा उनका। पर जब उन्होंने मुझे गोद लिया था, तो पुत्र के समान कोई भाव भी तो होना चाहिए था।" रोहित बोले, "वे तो मेरी शत्रु थीं। वे तो जो थीं सो थीं, हमारे दादा, जो इसके पश्चात् मेरे पिता बन गए थे, वे क्या कर रहे थे? वे भी माता जी के इतने अनुकूल थे कि ..."

"वे तो युवती पत्नी के वृद्ध पति थे। दशरथ कैकेयी के वश में थे, शांतनु सत्यवती के वश में थे, तो हमारे दादा ही कैसे अपवाद हो सकते थे।" संदीप ने तर्क किया, "अब आप पूछ सकते हैं कि माता जी आपके प्रति कठोर क्यों थीं?"

"क्यों थीं?"

"संभव है कि वे स्वभावत: ही कठोर प्रकृति की हों।" संदीप बोला, "किंतु मुझे तो वे भाग्य की मारी एक पीड़ित और असहाय स्त्री दिखाई देती हैं, जो न जाने किस बाध्यता और संकट में स्वयं से बीस वर्ष बड़े पुरुष के साथ बिना विवाह और किसी प्रकार की सामाजिक गारंटी के आने को, साथ रहने को, बाध्य थीं। अपने अतीत से डरी हुईं, अपने भविष्य से आशंकित।" संदीप कुछ रुककर आगे बोला, "वे अपने वर्तमान में अधिक से अधिक सुख उठा लेना चाहती थीं। जो खा सकती थीं, खा लेना चाहती थीं। जो पहन सकती थीं, पहन लेना चाहती थीं। जो जोड़ सकती थीं, जोड़ लेना चाहती थीं। जो हड़प सकती थीं, हड़प लेना चाहती थीं। इसलिए अधिक से अधिक स्वार्थी और दूसरों के प्रति कठोर होती गईं। वे सामान्य परिस्थितियाँ तो नहीं थीं, जिनमें वे जीने को बाध्य थीं। वे हमारे पिता जी की कृतज्ञ भी होंगी, कि उन्होंने उन्हें आश्रय दिया, पर वे अपनी मजबूरी से घृणा भी करती रही होंगी, जिसने उन्हें एक वृद्ध के पल्ले बाँध दिया था, भोग्या बनाकर। उस वृद्ध से भी घृणा करती होंगी, जो उनकी उस बाध्यता का लाभ उठा रहा था। वे न उनके साथ रहना चाहती होंगी और न उनको छोड़कर जा सकती होंगी। ऐसे में वे उनके प्रति अपनी घृणा, अपनी परिस्थितियों के प्रति अपनी घृणा, अपनी बाध्यता – सबका प्रतिशोध आपसे ले रही थीं, क्योंकि उन्हें माँ के रूप में आप पर यह अधिकार जो प्राप्त हो गया था।"

"पहले तो मुझे ज्ञात ही नहीं था कि वे मेरे माता-पिता नहीं, दादा-दादी थे। इसलिए मुझे उनका व्यवहार विचित्र लगता था।" रोहित बोले, "पर जब मुझे पता चला कि मेरे वास्तविक माता-पिता तो पापा जी और भाभी जी हैं और तुम लोग मेरे भतीजे नहीं, भाई हो, तो मुझे और भी विचित्र लगा। जो मेरे अपने थे, उन्होंने मुझे उन लोगों को क्यों सौंप दिया, जो मेरे अपने नहीं थे? तो फिर

कौन थे मेरे अपने? मुझे पापा जी और भाभी जी से भी घृणा हो गई। क्यों मुझे सौंप दिया दादा और उनकी तथाकथित उस दयाहीन पत्नी को?"

"हाँ! यह तो मैं भी कई बार सोचता हूँ कि पापा जी ने ऐसा क्यों किया?" मोहित बोले, "उनकी क्या मजबूरी थी? भाभी जी की इच्छा तो यह नहीं ही रही होगी। वे पापा जी का विरोध नहीं कर पाई होंगी।"

"पापा जी पिता जी का विरोध नहीं कर पाए होंगे।" प्रदीप बोला।

"मैं सोचता हूँ कि पापा जी के मन में एक आदर्श पुत्र का बिंब भी रहा होगा, जो उन्हें अपने माता-पिता की आज्ञा का पालन करने को मजबूर करता रहा होगा; किंतु हम इस बात को नहीं भूल सकते कि पिता जी पूर्णत: माता जी के मोह-जाल के बंदी थे। यदि माता जी ने संतान गोद लेने की इच्छा प्रकट की होगी ...।"

"आवश्यक तो नहीं कि माता जी ने इच्छा प्रकट की हो।" प्रदीप ने संदीप की बात बीच में ही काट दी, "यह भी तो संभव है कि जब कभी माता जी ने अपने असुरक्षित भविष्य की चर्चा की हो, तो पिता जी ने स्वयं ही उन्हें यह मार्ग सुझा दिया हो।"

"ऐसा भी संभव है।" संदीप सहमत हो गया, "तब जब यह माँग पिता जी और माता जी की सम्मिलित इच्छा के रूप में उनके सामने आई होगी, तो पापा जी की क्या स्थिति होगी? क्या अपने आदर्शों से ही वे बाध्य थे या कुछ और कारण भी थे?"

"और क्या कारण थे?" रोहित ने पूछा।

"आप जानते हैं कि पापा जी की आँखें ठीक नहीं थीं। उनका उपचार संभव नहीं था। उसी के कारण उनकी पढ़ाई रुक गई थी।" संदीप बोला, "तो ऐसे में क्या वे अपने उस पिता का विरोध कर सकते थे, जो पूर्णत: अपनी प्रिया पत्नी के मोह में बँधे हुए थे, या वे अपने पिता की उस पत्नी का विरोध कर सकते थे, जिसने पिता जी को नकेल डाल रखी थी? नहीं कर सकते थे। उनकी नौकरी किसी दिन भी छूट सकती थी। वे अपने बच्चों को लेकर कहाँ जाते? अपने उस पिता के घर ही तो आना था उनको। उनसे ही झगड़ा करते, तो संसार में उनका और था ही कौन?"

"मैंने इस रूप में न कभी माता जी के विषय में सोचा है, न पापा जी के विषय में।"

रोहित उठकर भीतर आ गए। वे यह सब नहीं सुनना चाहते थे। जाने इस संदीप को क्या हो गया था। आज वह उन माता जी का भी बचाव कर रहा था, जो इस पूरे परिवार में एक आतंक के रूप में प्रसिद्ध थीं। वे धूमकेतु थीं इस परिवार की और संदीप उनके बचाव में तर्क खोज रहा है ...

रोहित ने ढेर सारी घृणा संचित कर रखी है इन सब लोगों के लिए ... आज वे उनका बचाव-पक्ष सुनना नहीं चाहते थे। ...

रोहित अपने कमरे में चले गए थे। संदीप भी उठ आया।

संदीप को अपने बड़े भाइयों के जीवन के उस खंड के विषय में विशेष कुछ ज्ञात नहीं था। वह उनसे बहुत छोटा था। वैसे भी वह पापा जी और भाभी जी के साथ पहले लाहौर में था। विभाजन से पूर्व जब वे लाहौर से स्यालकोट आए थे, तो एक अलग मकान में रहते थे। रोहित और मोहित भैया माता जी और पिता जी के साथ अलग मकान में रहते थे। ... जो-कुछ वह जानता था, वह घर की चर्चाओं में से सुनी-सुनाई बातें थीं। या फिर उसका अपना अनुमान था, अपना विश्लेषण। ...

यह तो स्यालकोट में उसने भी देखा था कि रोहित भैया पापा जी और भाभी जी के सामने नहीं पड़ते थे और यदि कोई बात करनी पड़े तो ऐसे करते थे, जैसे किसी पूर्णत: अपरिचित व्यक्ति से कर रहे हों।

संदीप को लगता है कि पहले तो रोहित भैया भ्रम में रहे होंगे। वे तो यही जानते थे कि माता जी और पिता जी ही उनके माँ-बाप हैं। उनका व्यवहार विचित्र था, पर थे तो वे उनके अपने ही। जब उन्हें वास्तविकता ज्ञात हुई, तो उनका मन बहुत तड़पा होगा। उन्हें लगा होगा कि माता जी तथा पिता जी उनके प्रति बहुत कठोर थे, क्योंकि वे उनके माँ-बाप नहीं थे। माता जी और पिता जी उनके अपने नहीं थे, पर पापा जी और भाभी जी भी उनके अपने कैसे हो सकते थे, जिन्होंने उन्हें ऐसे लोगों के हवाले कर दिया था। ... रोहित को अब भी स्मरण है कि भाभी जी के सामने माता जी उन्हें पीटा करती थीं और भाभी जी मुँह फेरकर आँखों पर पल्लू डाल लेती थीं। रोहित भैया को माता जी से बचाने का प्रयत्न उन्होंने कभी नहीं किया। रोहित भैया यह मानने को तैयार नहीं थे कि उस समाज में बहू को अपनी सास का विरोध करने का अधिकार नहीं था। अपने पिटते हुए बच्चे को बचाने के लिए भी नहीं। वे भाभी जी को भी उतनी ही दोषी

मानते हैं। ... उन्होंने यह कभी नहीं सोचा कि वे अपनी सास से झगड़ा करने में असमर्थ थीं, इसलिए आँखों पर कपड़ा डाल अपनी दृष्टि बंद कर लेती थीं; अथवा अपने पल्ले के नीचे अपने अश्रुओं को छिपाने का प्रयत्न करती थीं। ... जो भी हो, रोहित उन्हें कभी अपना नहीं मान पाए थे। ...

पाकिस्तान बना और वे लोग जमशेदपुर पहुँचे। अब तक बहुत-कुछ देखा-सुना था, वह सब कष्टदायक ही था। मकान में आग लगना, लोगों का दंगों में मरना, घर छोड़कर भागने को बाध्य होना, रास्ते में किसी का छुरे से और किसी का गोली से मरना ... पर अब वे उन सबसे दूर आ गए थे। यह न तो पाकिस्तान था और न ही यहाँ दंगों का कोई प्रभाव था। यहाँ एक बिलकुल ही नए प्रकार का एहसास था। यहाँ माता जी के शासन के अधिकार को कोई स्वीकार नहीं करता था। न चाचा जी, न चाची जी। यहाँ तो उनकी अपनी सगी दादी थी, जिनकी सौत बनकर माता जी आई थीं। चाचा जी, पापा जी के समान माता जी को अपनी माँ नहीं मानते थे। वे तो केवल अपनी माँ को ही माँ मानते थे। और यह घर चाचा जी का था। ... माता जी कुछ ही दिनों में अपने साम्राज्य के बिखर जाने से पीड़ित होकर और अपनी सौत और उनके पुत्र के शासन को असह्य मानकर जालंधर लौट गईं।

अब रोहित भैया को फिर से अपने लोग चुनने का अधिकार मिल गया था।

उन्होंने पाया कि पिता जी जीवित नहीं थे। माता जी जालंधर लौट गई थीं। पापा जी और भाभी जी से डरने का कोई कारण नहीं था। वे उनके माँ-बाप होने का अधिकार अपने आप ही छोड़ चुके थे। रोहित भैया उनके आश्रित नहीं थे। उन लोगों के पास कोई नैतिक अथवा आर्थिक बल भी नहीं था, जो वे रोहित भैया को किसी भी प्रकार बाध्य कर सकें। और वे उनके अपने तो थे ही नहीं। ...

चाचा जी के संपर्क से उनकी नौकरी लग गई थी। आश्रय के लिए चाचा जी और चाची जी थे ही। उन्होंने उनके साथ कभी कोई बुराई नहीं की थी। वैसे भी चाचा जी, पापा जी के भाई होते हुए भी उनसे पर्याप्त भिन्न थे – रहन-सहन में, बातचीत में, सोच-विचार में, और संबंधों में भी। पापा जी आत्मकेंद्रित संकोची जीव थे, एक प्रकार की हीन भावना से ग्रस्त। चाचा जी खुले मन के बहिर्मुखी व्यक्ति थे। समाज के उच्च वर्ग में मिलते जुलते थे और पाश्चात्य ढंग से सोचते थे। रोहित भैया के प्रति सहानुभूति भी बहुत थी चाचा जी, चाची जी में। चाची जी तो

बताती थीं कि उन्होंने भाभी जी को कई बार समझाया भी था, पर वे यही कहती थीं कि पापा जी उनके स्वामी थे, वे अपने स्वामी का विरोध नहीं कर सकती थीं।

चाची जी और भाभी जी में कुछ संघर्ष भी हुआ होगा रोहित भैया को पाने का। भाभी जी का लक्ष्य तो स्पष्ट ही था। उनके सास-ससुर अब सिर पर नहीं थे, जिन्होंने उनका पुत्र उनसे छीन लिया था। रोहित भैया उनके ज्येष्ठ पुत्र थे। उनके प्रति भाभी जी की ममता भी स्पष्ट ही थी। वे उन्हें अपना दूध तक नहीं पिला पाई थीं। वे बताया करती थीं कि उनकी उस दुष्ट सास ने उनका पुत्र तो छीन ही लिया था, वह उनके सामने ही कटोरी में दूध लेकर उसे पिलाने बैठ जाती थीं और जब वह नहीं पीता था, तो उसके साथ जबर्दस्ती करती थीं। वह रोता था, तो उसे पीट तक देती थीं। भाभी जी ने एक-आध बार इच्छा भी प्रकट की कि वे उसे अपना दूध पिला देती हैं, पर माता जी ने उन्हें झिड़क दिया। अब रोहित उनके पुत्र थे, वे स्वयं पिला लेंगी। ...

भाभी जी को लगा होगा कि इन नई परिस्थितियों में उनका पुत्र उन्हें वापस मिल सकता है। पर रोहित भैया उस पुराने परिवेश में लौटना नहीं चाहते थे और इस नए संसार में इस अनपढ़, पुराने विचारों की असहाय स्त्री को माँ के रूप में स्वीकार कर उन्हें मिलना भी क्या था? वे तो अवसर आने पर फिर से उन्हें उसी या किसी और माता जी को सौंप देंगी। ...

चाची जी और भाभी जी में कभी कोई सौहार्द रहा था या नहीं, यह संदीप को मालूम नहीं। उसने तो यही देखा था कि देवरानी-जेठानी में परंपरागत प्रतिस्पर्धा थी। भाग्य ने जेठानी को सर्वथा असहाय कर देवरानी के द्वार पर ला पटका था। देवरानी के पास एक नौकर और आया पहले से ही थे। अब एक और स्त्री आ गई थी। उसे भी उन्होंने नौकर के साथ रसोई में झोंक दिया था, या फिर नौकर को रसोई से हटाकर जेठानी को रसोई में नियुक्त कर दिया था। या यह भी संभव है कि जेठानी को अपने बच्चे पालने थे, इसलिए उसने इन परिस्थितियों में रसोई को सँभालना ही उचित समझा।

यह तो संदीप को भी स्मरण है कि रोहित भैया को चाची जी की प्रसन्नता की बहुत चिंता रहती थी। वे उनके देवर के रूप में उनको प्रसन्न करने का पूरा प्रयत्न कर रहे थे। स्पष्टतः उन्होंने माता जी और पिता जी से मुक्त होने पर अपने लोगों के रूप में चाचा जी और चाची जी के परिवार को अपनों के रूप में अपना लिया था। उनकी नौकरी लग गई थी। यद्यपि नौकरी तो साधारण ही थी, पर

वे उसमें से कुछ न कुछ तो चाचा जी और चाची जी पर खर्च कर ही सकते थे। भाभी जी के लिए धोती लाने का प्रयत्न उन्होंने कभी नहीं किया। पर चाची जी के लिए साड़ी वे ले आया करते थे। प्रदीप और संदीप आदि से तो उनकी बात भी नहीं होती थी, किंतु चाचा जी के बच्चों को वे कभी-कभी सोडा-फांटेन और काफी-हाउस ले जाया करते थे। ... पापा जी का तो उन्होंने कभी सिर भी नहीं दबाया था, पर चाचा जी के जूते इत्यादि भी उतार दिया करते थे। ... उन्हें वे बहुत अपने लगते थे। ...

और तब चाचा जी को धनबाद में नई नौकरी मिल गई। वे पहले अकेले और फिर अपने परिवार के साथ धनबाद चले गए। ... पापा जी के लिए एक बार फिर से पाकिस्तान बन गया था। चाचा जी का बंगला खाली कर दिया गया था। और अच्छा मकान लेने के लिए पापा जी के पास पैसे नहीं थे। रोहित भैया के सम्मुख भी फिर चुनाव का अवसर आ गया था। जिन चाचा जी को उन्होंने अपना मान लिया था, वे अपने 'अपनों' को लेकर धनबाद चले गए थे। रोहित भैया ने धनबाद के भी कई चक्कर लगा लिए थे, पर बात बनी नहीं थी। ... यह बात उनको शीघ्र समझ में आ गई थी कि वे अपना सब-कुछ चाचा जी के परिवार को दे दें, तो भी वे चाचा जी के न पुत्र हो सकते थे, न भाई। भाई होने में तो कोई लाभ भी नहीं था। शायद उन्हें यह भी समझ में आ गया था कि स्नेह हो या धन – व्यक्ति अपने भाई को तब तक ही दे सकता है, जब तक उसके सामने उसका अपना पुत्र खड़ा न हो। चाचा जी से उन्हें कुछ भी नहीं मिल सकता था। और चाची जी का खेल तो केवल अपनी जेठानी को वंचित करने का था। वे चाहती थीं कि रोहित भैया उनके देवर बने रहें, ताकि वे भाभी जी के पुत्र न बन सकें।

अब रोहित भैया के सामने स्पष्ट विकल्प था कि वे या तो पापा जी और भाभी जी से भी पृथक् होकर अपना घर बनाएँ, या फिर उनको अपना कुछ भी स्वीकार कर उनके साथ ही एक घर में रहें। ... उन्होंने दूसरा मार्ग ही चुना था। ... वे पापा जी और भाभी जी के पुत्र अब भी नहीं बन पाए थे। वे मोहित, संदीप, प्रदीप के भाई भी नहीं बने थे। बस वे उनके साथ थे। घर में एक बाहरी तत्त्व थे। घर में थे, पर घर के नहीं थे।

संदीप को अच्छी तरह याद है कि वे सारे भाई पिता जी के साथ दुकान पर बैठते थे, पर रोहित भैया दुकान पर बैठना तो दूर, दुकान के निकट भी नहीं

फटकते थे। नौकरी के कारण उन्हें दुकान पर बैठने की आवश्यकता नहीं थी, पर वे तो उससे अपना संबंध भी स्वीकार करना नहीं चाहते थे। ...

वे अपना विकास करते रहे। कुछ पढ़ते रहे, कुछ ज्ञान और अनुभव प्राप्त करते रहे। नौकरी में भी उन्नति करते रहे। नौकरी के साथ-साथ टाटा टैक्निकल इंस्टिट्यूट की आठ वर्षों की निरंतर पढ़ाई से इंजीनियर के पद पर पहुँच गए। तब उनका विवाह हुआ था। अब पहली बार रोहित भैया को कोई सचमुच अपना मिल गया था।

यह लगभग वही समय था, जब संदीप अपनी पढ़ाई के लिए दिल्ली चला आया था।

फिर संदीप जब भी उनसे मिला, उनके बराबर का भाई बनकर ही मिला। कहने को वे अब उसे अपना छोटा भाई मानने लगे थे ... पढ़ाई के पश्चात् उसकी नौकरी भी दिल्ली में लग गई थी। वहीं उसका विवाह हुआ था। विवाह में उसके सारे भाई सम्मिलित हुए थे। पर वे अतिथि के समान आए थे और अतिथि के समान ही चले गए। उन्हीं दिनों रोहित भैया दो दिन के लिए दिल्ली आए थे और उसके पास टिके थे।

नीहारिका भी लैक्चरर थी। इसलिए रोहित और वह प्रात: एक-साथ ही कॉलेज जाते थे। लौटकर भी साथ-साथ ही आते थे। नीहारिका को घर आकर ताला खोलना अच्छा नहीं लगता था, इसलिए वह यह निश्चित करके ही घर की ओर मुँह करती थी कि संदीप घर आ गया होगा। पर उन दिनों संयोग से उनके पास नौकर भी था। रोहित भैया ने जब कहा कि उनके आने से नीहारिका को कष्ट होगा, तो संदीप हँसा था, "नहीं! उसे कोई कष्ट नहीं होगा। घर में नौकर है।"

संदीप को तब ही लगा था, रोहित भैया को उसका यह वाक्य जैसे अच्छा नहीं लगा था। वे अकबकाए से उसे देखते रहे। फिर हँसे, जिसमें उनकी खीज भी थी और झेंप भी। कुछ विचित्र प्रकार से बोले, "हाँ! अब तुम्हारे पास नौकर भी है।"

संदीप को लगा कि अजाने ही जैसे उसने रोहित भैया को आहत कर दिया है। वे समझ रहे हैं कि वह आडंबर कर रहा है। वह उन पर नौकर वाला होने का रोब जमा रहा है। ...

"भैया! पति-पत्नी दोनों काम पर जाते हों, तो बिना नौकर के काम चलना कठिन हो जाता है।"

"ओह हाँ! तुम्हारी तो पत्नी भी काम पर जाती है।" वे पुन: एक असहज मुसकान अपने होंठों पर ले आए।

संदीप हतप्रभ-सा खड़ा रह गया। नीहारिका उनके परिवार की पहली बहू थी, जो नौकरी करती थी। अब वह भैया को कैसे समझाए ...

उस दिन वे दोनों कॉलेज से घर आए। संयोग ही था कि सुजीत भी उनके पास आया हुआ था और घर पर ही था। वे चारों खाना खाने बैठे। रोहित भैया को लग रहा था कि वे दिल्ली के बाहर के होने के कारण हर स्थान पर पराए हो जाते हैं। कुछ भी सहज नहीं था, उनके लिए। ... संदीप हँसता रहा था कि और किसी को तो पता भी नहीं होगा कि वे बाहर से आए हैं। यह तो उनका ही मन है, जो क्षण भर को भी भूल नहीं पाता कि वे जमशेदपुर के हैं।

खाना खाकर संदीप और नीहारिका आराम करने के लिए चले गए। कॉलेज से थककर घर आओ, तो भूख कुछ अधिक ही लग जाती थी। और जब पेट भर खा लिया जाए, तो घंटे-आध घंटे की नींद भी आवश्यक हो जाती थी। ...

तीन बजे के लगभग सुजीत ने उनके कपाट थपथपा दिए।

"क्या बात है?" संदीप ने कपाट खोल दिए।

सुजीत भीतर आ गया। पलंग पर बैठकर दबे स्वर में बोला, "तुम दोनों तो खाना खाकर ठाठ से सोने चल दिए और रोहित भैया समझ रहे हैं कि तुम लोग उन्हें एवायड कर रहे हो। उन्हें जता रहे हो कि तुम लोग उनकी उपस्थिति पसंद नहीं कर रहे। इसलिए वे शाम को स्टेशन जाएँगे और कल की किसी गाड़ी की टिकट ले आएँगे। वे कल जमशेदपुर चले जाएँगे।"

नीहारिका भौंचक बैठी रह गई और संदीप खीज गया, "क्या चाहते हैं रोहित भैया कि कोई काम से आए और खाने के बाद थोड़ा आराम भी न करे। वे क्यों नहीं सो लेते, घंटे दो घंटे?"

"उन्हें दोपहर को सोने की आदत नहीं है। वे दफ्तर में काम करते हैं। कॉलेज में पढ़ाते नहीं हैं कि दोपहर को घर आकर, खाकर सो भी सकें।"

"ठीक है। न सोएँ। कुछ पढ़ लें। हम भी अभी दस-बीस मिनट में आ ही जाते। ..." संदीप सचमुच चिढ़ गया था।

भैया ने कभी उसे नहीं पहचाना। क्यों वे कभी किसी को अपना नहीं मान सकते? क्यों वे सदा डरे ही रहते हैं कि उनकी अवमानना होगी? क्यों उनका मन आशंकित रहता है कि वह उनकी उपेक्षा करेगा, उनका अपमान करेगा?

"अच्छा! अब तुम उनसे कुछ कहना मत।" सुजीत ने कहा, "चलकर उनके पास बैठो।"

वे लोग रोहित भैया के पास आ गए। पहले चाय बनवाकर पी और फिर घूमने के लिए बंगाली मार्किट चले गए। वहाँ से कनॉट प्लेस पहुँचे। खाया-पिया, घूमे-फिरे ... पता नहीं, रोहित भैया कुछ आश्वस्त हुए या नहीं, पर इससे अधिक वह कुछ नहीं कर सकता था।

नीहारिका के साथ वह जमशेदपुर आया था। नीहारिका को अस्पताल में भरती कराना पड़ा था। वह स्वतंत्र रोगी के रूप में टिस्को के अस्पताल में भरती नहीं हो सकती थी, इसलिए रोहित भैया की आश्रिता के रूप में ही उनके नाम पर कमरा लेना पड़ा था। उस समय भी जब संदीप ने उनसे पूछा कि क्या वह अस्पताल के बिल के लिए उनको नकद भुगतान कर दे, तो वे बड़ी कड़वी हँसी हँसे थे, "मुझे मालूम नहीं था कि तुम्हारे घर में धन की नदियाँ बह रही हैं।"

संदीप समझ नहीं पाता था कि उसके अपने कहने में ही कहीं कोई दोष था या यह रोहित भैया का ही उसके प्रति बेगानापन था, जिसके कारण वे ऐसी बातें करते थे। उनको इस प्रकार की ग्रंथियाँ पालने की कोई आवश्यकता नहीं थी। वे नौकरी में अच्छे पद पर पहुँच गए थे। कंपनी की ओर से विमान में यात्रा करते थे। दिल्ली के बड़े बड़े पाँच-सितारा होटलों में ठहरते थे। ... उसके घर आते थे, तो जिस कुरसी पर बैठ जाते थे, उससे हिलते ही नहीं थे। वहीं से उठकर वापस चले जाते थे। अपने घर के समान निःसंकोच भाव से उनके घर में कभी नहीं रहे। कभी नहीं टहले। घर को देखने की इच्छा भी व्यक्त नहीं की। जब कभी कुछ ऐसा हुआ, तो विद्रूप से ही बोले।

तब वे प्रिया के साथ ही दिल्ली आए थे। प्रिया का विवाह हो चुका था और वह अपने पति के पास विदेश जा रही थी। उसने मकान देखकर कहा, "यह कुछ भिन्न है। मेरी तो समझ में नहीं आ रहा कि कहां क्याँ बना है।"

रोहित भैया मुसकराए थे, "यह एक आर्टिस्ट का मकान है। यहाँ घर में फव्वारे होते हैं।"

संदीप कुढ़ गया था। बोला, "प्रिया! तुम्हारे पापा तो मेरा तमाशा बना रहे हैं, पर यह सत्य है कि यह एक लेखक का मकान है और जब तुम अगली बार आओगी, तो इस स्थान पर एक चलता हुआ फव्वारा पाओगी।"

रोहित भैया ने इस बार गंभीर आपत्ति की, "इट इज नॉट पॉसिबल। यह हो कैसे सकता है।"

"आप भी अगली बार देख लीजिएगा।"

ऐसे ही एक बार वे अचानक ही संध्या-समय आ गए थे।

"अरे भैया! आप?"

उन्होंने बताया कि वे कंपनी के काम से आए हैं। होटल 'हॉलिडे इन' में ठहरे हैं। कल से वे व्यस्त हो जाएँगे। सोचा, उन लोगों से मिल ही आएँ।

नीहारिका अभी कालेज से आई नहीं थी।

"रात के खाने तक तो रुकेंगे न!"

"नहीं! बहुत देर हो जाएगी। खाना होटल में ही खाऊँगा।"

संदीप ने चाय बनवाई। चाय के साथ खाने योग्य, घर में जो कुछ भी उपलब्ध था, सब-कुछ लगवा दिया। पर रोहित भैया ने एक बिस्कुट तक नहीं उठाया। बस चाय का कप ही लिया।

नीहारिका आई तो उसने संदीप को ही डाँटा, "आप ने भैया को एक कप अच्छी-सी चाय तक नहीं पिलाई।"

"भैया ने तो एक बिस्कुट तक नहीं लिया।" संदीप बोला, "मैं क्या कर सकता था?"

"अच्छा! अब मैं कुछ करती हूँ।"

भैया न-न करते रहे और नीहारिका ने उनको पकौड़ों के साथ चाय पिलाई। फिर खाना लगा। भैया ने अपना शिष्टाचार दिखाया, तो नीहारिका ने उन्हें डाँट दिया, "आप खाना खाए बिना नहीं जाएँगे।"

और वे खाना खाकर ही गए।

संदीप समझ ही नहीं पाता था कि रोहित भैया इतने पराए क्यों हैं। वे अपने भाइयों को भी अपना नहीं मान सकते, तो उनका अपना कौन है। ... पर यह कोई ऐसा प्रश्न नहीं था, जिसका उत्तर न मिलता। भाभी जी जब जीवित थीं, तो कहा करती थीं, "रोहित के लिए आकाश पर भगवान है और पृथ्वी पर प्रिया।"

तो भैया की आत्मीयता का वर्ष अपने बच्चों तक सीमित हो गया था। वे थे उनके अपने। अंतत: उनको कोई अपना मिल तो गया था ...

"मेरी समझ में नहीं आता कि मैंने ऐसे क्या पाप कर रखे हैं कि भगवान ने जन्म से ही मुझे मेरे माता-पिता से पृथक् कर दिया और अब इस वृद्धावस्था में मुझसे

मेरी बेटी छीन ली।" रोहित बोले, "मनुष्य किसको अपना समझे? जिसको अपना समझता हूँ, वही अपना नहीं रहता।"

सब जानते थे कि उन्होंने ये बातें किसी को संबोधित करके नहीं कही थीं। यह तो उनके अपने मन का ऊहापोह था।

"घर में ऐसी दु:खद घटना हो जाए, तो प्रत्येक व्यक्ति के मन में ऐसे अनेक प्रश्न उठते हैं। ऐसे ही उद्गार जागते हैं।" संदीप बोला।

"प्रश्न तो उठते हैं चाचा जी!" प्रभा बोली, "पर उनका कोई उत्तर भी है? यदि माना जाए कि हमारे दु:खों का कारण हमारे पाप हैं, तो हमें मानना पड़ेगा कि दीदी भी पापिन थीं और हम सब भी पापी हैं, जिन्हें भगवान ने इस रूप में दंडित किया है। पर ऐसा क्या किया है हमने?"

"ठीक कहती हो।" संदीप बोला, "पर यह तब है, जब हम मानें कि अल्पायु पाप का परिणाम है।"

"क्या ऐसा नहीं है? "रोहित भैया चौंककर सीधे बैठ गए।

"मैं कोई ज्ञानी तो हूँ नहीं कि जीवन-मृत्यु संबंधी इस प्रकार के उलझे और जटिल प्रश्नों का उत्तर दे पाऊँ, किंतु इतना तो मानता हूँ कि अल्पायु पाप का परिणाम नहीं है। शंकराचार्य पापी नहीं थे, किंतु उन्हें बहुत छोटी आयु मिली थी। स्वामी विवेकानंद चालीस वर्ष पूरे नहीं कर पाए थे। यदि वे पापी थे, तो फिर धर्मात्मा कौन हो सकता है?"

"तो क्या हम यह मान लें कि लंबी आयु हमारे पापों का दंड है कि संसार में रहो और भुगतो?" दमयंती भाभी ने पूछा।

"नहीं! ऐसा भी नहीं कहा जा सकता।" संदीप बोला, "हमारे अनेक धर्मात्मा लंबी आयु पूर्ण कर संसार से विदा हुए हैं।"

"तुम ऐसे प्रश्न छेड़ते ही क्यों हो, जिनका तुम्हारे पास कोई उत्तर नहीं होता?" प्रदीप ने कुछ रुष्ट स्वर में कहा, "व्यर्थ हमें उलझाते रहते हो। न लंबी आयु पाप का दंड है, न छोटी आयु पाप का दंड है। तो फिर किसी की आयु कम और किसी की अधिक क्यों होती है?"

"तुमको तो हर बात का एकदम निश्चित उत्तर चाहिए।" संदीप बोला, "तुम्हारे संसार में तो न अस्पष्टता है, न संशय, न प्रश्न, न जिज्ञासा, न रहस्य। मैं तुम्हारे प्रश्नों के ऐसे उत्तर कहाँ से लाऊँगा?"

"तो फिर ज्ञानी बनकर बैठ क्यों जाते हो, जैसे संसार का सारा ज्ञान तुमको ही है।" प्रदीप बिगड़ा, "ऐसे प्रश्न छेड़ते ही क्यों हो?"

"प्रदीप!" शांता भाभी बोलीं, "क्या बात है? आज इतने बिगड़े हुए क्यों हो?"

"कोई बताए कि यह प्रश्न मैंने उठाया था?" संदीप ने सबकी ओर देखा, "क्या मैंने किसी को कहा है कि मैं उनके प्रश्नों का उत्तर दूँगा?"

"छोड़ो इस झगड़े को।" मोहित भैया बोले, "बहू के प्रश्न की ओर ध्यान दो।"

"प्रदीप! अब तुम उलझना मत।" रोहित भैया बोले, "तुमको कुछ कहना हो, कहो; पर झगड़ा मत करो।"

"लो, और सुनो। मैं झगड़ा करता हूँ।" प्रदीप ने बेचारगी से कहा, "उसको कुछ नहीं कहते, जो हर समय महात्मा बना अपना ज्ञान बघारता है।"

"तुम भी बघारना।" दमयंती भाभी बोलीं, "अभी हमें कुछ पूछ लेने दो। तुम अखाड़ेबाजी बाद में करना।"

रोहित भैया का चेहरा देख कर प्रदीप चुप हो गया।

"बोलो संदीप! क्या कहते हो?" शांता भाभी बोलीं, "संसार में अच्छे लोग ही दु:खी क्यों होते हैं? यह भगवान का कैसा न्याय है।"

"यह प्रश्न-जाल तो फैलता ही जा रहा है। अब तो बात भगवान के न्याय पर आ गई है।" संदीप कुछ रुककर बोला, "यह प्रश्न बहुत पूछा जाता है। वस्तुत: लोग इसे प्रश्न के रूप में नहीं पूछते, भगवान पर अन्याय का आरोप लगाने की मुद्रा में कहते हैं। यह जिज्ञासा नहीं है, प्रतिवाद है। ..."

"सीधी-सीधी बात करो।" प्रदीप ने उसे पुन: टोका।

रोहित भैया ने प्रदीप को घूरकर देखा, "तुम थोड़ी देर चुप नहीं बैठ सकते?"

इससे पहले कि प्रदीप कुछ कहता, प्रमिला भाभी सक्रिय हो उठीं। उन्होंने कहा कुछ नहीं। प्रदीप की दृष्टि बचाकर संदीप को संकेत कर दिया कि वह उनकी ओर ध्यान न दे।

संदीप ने भी उसे टालना ही उचित समझा। बोला, "महाभारत में भी अनेक बार युधिष्ठिर और कृष्ण से यह प्रश्न पूछा जाता है कि अधर्मी और पापी होकर भी दुर्योधन क्यों सुखी है और धर्मात्मा होकर भी पांडव क्यों वन-वन मारे फिर रहे हैं? धर्म से पांडवों को क्या मिला? मैं भी सोचता रहा और मुझे लगता है

कि इस प्रश्न का तो उत्तर होना चाहिए कि पांडवों को कृष्ण मिले। कृष्ण से बढ़कर ऐसा क्या था, जो किसी और को मिला?"

"यह तुम सोचते हो न?" प्रदीप बोला।

"हाँ।"

"तो तुम अपना सोचना अपने पास ही रखो और वह बताओ, जो कृष्ण और युधिष्ठिर ने कहा।"

"इट इज़ ए लिमिट।" रोहित भैया ने जैसे अपने आपसे कहा।

प्रमिला भाभी ने भी बुरी-सी शक्ल बनाई, जैसे प्रदीप की भर्त्सना कर रही हों, पर कुछ कहा नहीं।

"कृष्ण ने कहा, हाँ! संसार में पाप बहुत जल्दी फलता-फूलता है, किंतु उसका नाश होता है, तो सर्वनाश हो जाता है। धर्म मंथर गति से फलता है और उसका नाश नहीं होता। दुर्योधन के पाप कौरवों का सर्वनाश कराएँगे और पांडव अपने धर्म का फल पाएँगे।" संदीप बोला, "धर्मराज युधिष्ठिर ने द्रौपदी से कहा, यह हिमालय अत्यंत सुंदर और मनोरम है। यह मुझे कुछ नहीं देता किंतु, मेरा स्वभाव है कि सुंदर वस्तुएँ मुझे अच्छी लगती हैं। इसलिए मैं इससे प्रेम करता हूँ। वैसे ही मेरा स्वभाव है कि मैं ईश्वर से प्रेम करता हूँ। इसलिए नहीं कि ईश्वर मुझे कुछ दे। वरन् इसलिए कि मुझे उससे प्रेम है। मैं ईश्वर से उसके ऐश्वर्य के लिए प्रेम नहीं करता। मैं तो उससे प्रेम करता हूँ, चाहे वह मुझे जिस स्थिति में भी रखे। ..."

"अर्थात् हमारा दुःख हमारे प्रति ईश्वर का रोष नहीं है?"

संदीप हँस पड़ा, "मुझे याद पड़ता है कि पवहारी बाबा ने स्वामी विवेकानंद के प्रश्न के उत्तर में कहा था कि क्या आप नहीं जानते कि ईश्वर जिससे रुष्ट होता है, उसे इतना सुख देता है कि वह ईश्वर को भूल जाए और जिससे प्रेम करता है, उसे इतना तपाता है कि तिल-तिल जलकर उसका सारा मैल निकल जाए। ..."

"तब तो ईश्वर का रुष्ट होना ही अच्छा।"

"चुप कर।" दमयंती ने प्रदीप को डाँटा।

"पर चाचा जी! यह तो मैं भी पूछना चाहती हूँ," प्रभा बोली, "कि यदि ईश्वर का प्रेम हमें दुःख ही देता है, तो फिर उससे प्रेम करके हमें करना ही क्या है?"

"ईश्वर का प्रेम हमें दुःख नहीं देता बेटी! "संदीप ने कहा, "ईश्वर का प्रेम तो परम आनंद है, पर सुख और दुःख की परिभाषा भी तो स्पष्ट हो।"

"क्यों? सुख और दुःख की परिभाषा भी भिन्न हो सकती है क्या?" प्रभा

जैसे कोई विचित्र बात सुन रही थी।

"परिभाषा भिन्न नहीं है। लोगों की दृष्टि में भेद है।" संदीप बोला, "सामान्यतः लोग सुविधाओं ही को सुख मान लेते हैं। जबकि ऐसा है नहीं।"

"ऐसा क्यों नहीं है?" प्रदीप तेज स्वर में बोला, "धन हो तो सुविधा होती है और सुविधा हो तो सुख होता है।"

"तुमने किसी धनी व्यक्ति को दु:खी नहीं देखा और किसी निर्धन व्यक्ति को सुखी नहीं देखा?"

"चाचा जी ठीक कह रहे हैं।" प्रभा ने तत्काल संदीप का पक्ष लिया, "संसार का सबसे धनी व्यक्ति सबसे दु:खी और सर्वाधिक अभिशप्त व्यक्ति हो सकता है।"

"और कोई अत्यंत निर्धन व्यक्ति परम सुखी भी हो सकता है।" संदीप बोला, "छोटानागपुर के जंगलों में बसे हुए गाँवों में किसी लँगोटीधारी ग्रामीण को किसी वृक्ष के तने से लगे, बाँसुरी बजाते हुए सुनो और देखो कि वह कितना सुखी है। हरिप्रसाद चौरसिया से पूछो, जन्माष्टमी की सारी रात श्रीकृष्ण की प्रतिमा के सम्मुख बाँसुरी बजाकर क्या सुख मिलता है। किसी भी कलाकार से पूछो, अपनी कला में खोकर जब वह संसार को भूल जाता है, तो उसे क्या सुख मिलता है।"

"बात तो ईश्वर-प्रेम की थी। ईश्वर से प्रेम करने वालों को दु:ख क्यों मिलता है?" रोहित भैया बोले।

"जिसे हम सांसारिक दृष्टि से दु:ख कहते हैं, वस्तुतः वह हमारे मन और आत्मा का मल धोता है। मल निकलेगा तो सात्विकता बढ़ेगी। उससे हम ईश्वर के निकट होते जाएँगे, जो परमानंद है।" संदीप बोला, "बिना कूटे भी कपड़ा कभी सफेद होता है क्या?"

"हमें कूटने का एक ही तरीका है कि हमारे अपनों को हमसे छीन ले?" रोहित भैया कुछ झींककर बोले।

संदीप मौन रह गया। वह जानता था कि यह शोक का अवसर था। सभी लोग दु:खी थे। भैया और भाभी तो इस समय उसी में डूबे हुए थे। ऐसे में कुछ आध्यात्मिक विचार उनके लिए कष्टकारक भी हो सकते हैं। ...

"बोलिए चाचा जी!" प्रभा ने उसे जैसे ललकारा।

"बात तो अपना और पराया समझने की है।" संदीप बोला, "सांसारिक दृष्टि से तो हमारे अपने वे ही हैं, जिनसे हमारा देह-संबंध है। माता-पिता से

हमारा देह-संबंध है, संतान से, भाई-बहनों से हमारा संबंध देह के कारण है, आत्मा के कारण नहीं। पर सत्य यह है कि मैं ईश्वर का हूँ, अपने माता-पिता का नहीं। ईश्वर ने मुझे उन्हें सौंपा है, पालन-पोषण के लिए। जितना मैं उस ईश्वर का हूँ, उतना ही मेरा पुत्र भी उस ईश्वर का है। ... पर मैं अपने मोह से उत्पन्न भ्रम के कारण मान लेता हूँ कि वह ईश्वर का नहीं, मेरा है। मेरा अपना कौन है? इसका उत्तर आध्यात्मिक दृष्टि से तो इतना ही है कि ईश्वर मेरा है और मैं ईश्वर का हूँ। शेष सब जीव भी ईश्वर के हैं, और ईश्वर उनका है। इस दृष्टि से सब लोग मेरे एक-जैसे अपने और एक-जैसे पराए हैं। हमारा स्व जितना ही व्यापक और विस्तृत होगा, हम उतने ही ईश्वर के निकट होंगे और उतने ही सुखी होंगे। उसके विपरीत हमारा स्व जितना संकीर्ण और सीमित होगा, हम ईश्वर से उतने ही दूर होंगे, अत: सुख से भी उतनी ही दूरी पर होंगे। ...”

संदीप मौन हो गया। कमरे में जैसे एक सन्नाटा छा गया।

“मैं तो अपनों को खोज रहा था। तुमने सबको ही पराया बना दिया।” रोहित भैया बोले और उठकर चले गए।

“जो सबसे अपना है, उस ईश्वर को तो हम अपना मानने को तैयार नहीं हैं।” संदीप धीरे से बुदबुदाया।

“तूने उस ईश्वर को अपना लिया और शेष सबको छोड़ दिया?” प्रदीप ने उसे घूरकर देखा, “जिस पर पड़ती है, वही जानता है।”

“मैं भी समझता हूँ, किंतु सत्य को जानते हुए भी हम उसे इसलिए तो झुठला नहीं सकते, क्योंकि वह हमको प्रिय नहीं है।”

छवि

संदीप उनके घर संवेदना प्रकट करने के लिए आया था, पर पहले ही दिन उससे इस प्रकार का विवाद हो गया था, जो दोनों में से किसी के लिए भी सुखद नहीं था। दमयंती उन लोगों को खाने के नाम पर घसीट तो लाई थीं, और दोनों भाइयों का विवाद उस समय रुक भी गया था; पर रोहित के मन में बहुत स्पष्ट था कि यह अस्थायी युद्धविराम ही था। अवसर मिलते ही संदीप उस बात को पुन: उठाएगा। ...

विवाद की अवधि में रोहित स्वयं को उत्तेजित अनुभव कर रहे थे; किंतु अब वे हताश-से हो रहे थे। अपनी उत्तेजना में जिन बातों को भुलाए बैठे थे, वे अब पुन: जीवंत होकर उनके मन को मथने लगी थीं। ... उनकी बेटी इस युवावस्था में, इतना कष्ट पाकर तिल-तिल कर मृत्यु के मुख में चली गई। वे देखते ही तो रहे। प्रिया की पीड़ा को वे कम कर पाए क्या? हाँ! उस यातना में से वे भी प्रिया के साथ गुजरे थे। अंतर इतना ही था कि प्रिया ने उसे अपने शरीर के माध्यम से सहा था और रोहित ने अपने मन के माध्यम से। प्रिया की मृत्यु को उन्होंने कितनी ही बार स्वयं मर-मरकर देखा था। ... जब उनके ये तीन भाई आए थे, तो उनको जैसे कोई अवलंब मिला था। उनकी पत्नी और बच्चों के अतिरिक्त भी अपना कोई है उनका। ... उनके दु:ख से कोई और भी दु:खी है। ... पर यह संदीप तो उनके प्रति अपनी संवेदना प्रकट करने नहीं, उनका दु:ख बाँटने नहीं, उनसे वाद-विवाद करने आया था। डिबेटर था न! आदत गई नहीं थी उसकी।

नहीं! शायद अपने इस भाई के साथ वे कुछ ज्यादती कर रहे थे। आया तो वह उनके प्रति अपनी संवेदना प्रकट करने ही था। वह उनकी पीड़ा से द्रवित होकर ही आया था, किंतु अपना वाद-विवाद साथ लाया था। ... विवाद का

अवकाश होते ही उसकी जिह्वा चल पड़ती है। वह यह सोचता ही नहीं था कि वाद-विवाद का अवसर है भी या नहीं। उसे तो अपना तर्क जीतना होता था। अपना पक्ष प्रतिष्ठित करना होता था। ... आदमी को कभी चुप भी तो रह जाना चाहिए। इस शोक के अवसर पर भी वह विवाद ले बैठा है कि उनके घर के मंदिर में किसी अज्ञात ईसाई संत का चित्र क्यों है? ... बड़ा आया हिंदुओं का ठेकेदार!

नहीं! शायद उसका विरोध उस अज्ञात ईसाई संत से उतना नहीं था, जितना ईसाई धर्मप्रचारकों द्वारा हिंदुओं का धर्मांतरण करवाने की योजनाओं से था। ... ज़ो भी हो। वे उसके बड़े भाई थे, बड़े भाई! उससे दस वर्ष बड़े थे। वे भी उसी के समान हिंदू थे, ईसाई धर्मप्रचारक नहीं। और फिर वह कोई सार्वजनिक मंदिर नहीं था। उनके अपने घर का मंदिर था। वहाँ वे जिसका चाहें, चित्र रखेंगे। उसे आपत्ति का क्या अधिकार है? वे तो यह देखने नहीं जाते कि वह अपने घर में किसकी पूजा करता है; और क्यों करता है। इसी को आदत है दूसरों के मामले में टाँग अड़ाने की। ...

वे खाने की मेज़ पर बैठ गए। बहू ने उनके सामने प्लेट रख दी। बिना किसी और की प्रतीक्षा किए उन्होंने पराँठे का ग्रास तोड़ लिया। ...

संदीप उनके सामने वाली कुरसी पर बैठा था। मोहित और प्रदीप भी बैठे थे और उनकी पत्नियाँ भी। ... उनके आ जाने से घर में प्रिया के रोग, औषधियों और उसकी मृत्यु के अतिरिक्त भी कुछ अन्य विषयों की चर्चा होने लगी थी। यह नहीं कि उनके भाइयों और भाभियों ने उनकी बेटी की इस अकाल मृत्यु पर शोक प्रकट नहीं किया था, अथवा उससे वे लोग दु:खी नहीं थे। नहीं! उन विषयों पर भी खूब बातें हुई थीं। बार-बार हुई थीं। पूरे विस्तार से हुई थीं। इतनी बार हुई थीं कि जैसे उन्हें अपनी आँखों का एक-एक अश्रु बहा लेने का अवसर दिया गया हो। वे जो कहना चाहें, कह लें। अपने मन का बोझ हलका कर लें। जितना रोना चाहें, रो लें। उनकी छाती पर कोई दबाव न रहे। ... पर उन्होंने उनके विषाद के संसार में दरक डाल दी थी। जीवन का हँसता-खेलता रूप भी उन लोगों के साथ आया था। इतने सारे लोग एकत्रित हों, चाहे शोक के ही अवसर पर क्यों न हों, वे हर समय मुँह लटकाए तो नहीं बैठ सकते थे। उनके साथ भाइयों की हलकी-फुलकी चुहल और ठिठोली भी आई थी। देवर-भाभियों का परिहास भी आया था। ऊपर-तले के भाइयों की नोक-झोंक भी थी। ... रोहित को अपने अवसाद से बाहर निकलने में इससे सहायता मिल रही थी। विषाद

से घबराई और सहज जीवन के लिए तड़पती उनकी आत्मा अपने भाइयों की ओर देखकर कुछ मुसकराने लगी थी। दमयंती भी चाहे खीजकर ही सही, कभी प्रदीप और संदीप को कुछ कह देती थी। कभी विरोध प्रकट करने के बहाने। कभी किसी जिज्ञासा के बहाने। कभी उन्हें कोई आदेश देने के बहाने। ... देवरानियाँ-जेठानियाँ बैठकर सर्वथा अनावश्यक लोगों के विषय में भी चर्चा करती थीं। गली-मुहल्ले के उन लोगों के बाल-बच्चों की भी खोज-खबर लेती थीं, जिनसे उनका कुछ भी लेना-देना नहीं था। ...

रोहित को कभी-कभी आश्चर्य होता था कि किस मिट्टी की बनी हैं ये स्त्रियाँ। कितने आत्मीय ढंग से सबके विषय में पूछती थीं और जानना चाहती थीं। जन्म-मृत्यु का पंजीयन कार्यालय थीं; या जन-स्वास्थ्य विभाग का वार्षिक प्रतिवेदन। लोगों के बच्चों के विवाहों में भी उनकी बहुत रुचि थी। किसका विवाह कहाँ हुआ। उसे क्या-क्या मिला। किसने क्या पहना। क्या खाया, क्या खिलाया।

किसी पड़ोसी, मित्र अथवा परिचित का तो साहस ही नहीं था कि उनके विषाद के संसार को सूई की नोक से भी छूकर उसमें कोई छेद करे, ताकि बाहर से उसमें उल्लास का कोई भटका हुआ झोंका भी आ सके। ये तो उनके भाई ही थे कि उनके घर में घुस आए थे और उस विषाद को पूरी स्वीकृति देते हुए भी उसे छिन्न-भिन्न करने पर तुले हुए थे। चारों ओर से विभिन्न प्रकार की चर्चाएँ उनके कानों में बलात् पड़ती थीं, तो मन थोड़ी देर को प्रिया की मृत्यु के दुःख को इधर-उधर कर देता था। वह दुःख विस्मृत तो नहीं होता था; किंतु प्रच्छन्न तो हो ही जाता था। ...

पर कोई संदीप के समान उनसे विवाद नहीं करता था। उनके बड़प्पन का विचार कर, वैसे ही कोई उनके सम्मुख मुख नहीं खोलता था। ... और फिर यह तो शोक का समय था। कोई उनसे क्या कहता। प्रदीप कोई अटपटी बात कह भी देता, तो उसके पास उसके लिए कोई तर्क नहीं होता था। वे उसे या तो अपने तर्क से चुप करा देते थे, या फिर यह मानकर कि उसकी बात में कोई तत्त्व तो है ही नहीं, उसकी उपेक्षा कर जाते थे। ... दूसरा व्यक्ति कोई उत्तर नहीं देगा, तो प्रदीप भी उससे कितना झींकेगा। शिकायत करता रहेगा कि कोई उसकी बात नहीं सुनता, किंतु वह तर्क तो नहीं कर सकता था। वह किसी को क्रोध दिला सकता था, मनोरंजन कर सकता था; पर संदीप उद्वेलित कर देता था। न चुप

रहता था, न चुप रहने देता था। ऐसी बात कह देता कि दूसरे से चुप रहते भी नहीं बनता था और उसके साथ उलझने की भी इच्छा नहीं होती थी।

संदीप आरंभ से ही परिवार में कुछ भिन्न-सा व्यक्ति माना जाता था। तब वह स्कूल में था। छोटा-सा बच्चा था। रोहित उस समय स्वयं बीस-बाईस वर्ष के रहे होंगे। संदीप उनसे दस वर्ष छोटा था। वे नौकरी में लग चुके थे। वयस्क फिल्में देखने का साहस कर चुके थे। छुपकर सिगरेट भी पीने लगे थे। पार्टी के नाम पर दो-चार बार ह्विस्की भी चख चुके थे। बहुत रगड़कर क्षौर करते थे। सिर के गीले बालों पर कपड़े की पट्टी बाँधकर, अपने केशों को एक विशेष ढंग से सँवारने का प्रयत्न करते थे। उनकी आँखें युवतियों पर टिकती थीं और वे जानते थे कि लड़कियाँ भी उनकी ओर देखने लगी थीं। ... ऐसे में बारह वर्ष के उस ढीली-ढाली निकर या बेतुका पाजामा पहनने वाले, बिखरे बालों के साथ, धूल-धक्कड़ में कंचे खेलने वाले, उस अनाकर्षक और प्रभावशून्य लड़के का उनके जीवन में क्या महत्व हो सकता था। वह न तो उनसे आँखें मिला सकता था, न उनसे ढंग से बात ही कर सकता था। किसी विषय पर कोई गंभीर चर्चा करने की तो कल्पना भी नहीं की जा सकती थी। ... वे उन दिनों भी अपने पैसों से दि अमरीकन मैगजीन, लाइफ, रीडर्स डायजेस्ट और द इलेस्ट्रेटेड वीकली खरीदकर लाते और पढ़ते थे। दिनशॉ मेमोरियल लाइब्रेरी के सदस्य थे। वहाँ से अंग्रेजी के उपन्यास लाते थे और खाना खाते हुए भी एक हाथ में पुस्तक रखते थे। कुछ इस कारण से कि पढ़ने का अधिक समय नहीं मिलता था और कुछ इस कारण से कि इन लोगों से विशेष बात न करनी पड़े। ... यह संदीप तब उर्दू के मिडिल स्कूल में पढ़ता था। अंग्रेजी का अक्षर-ज्ञान उसे हो गया था और अक्षरों को जोड़-जोड़कर छोटे-छोटे और सरल शब्द सीखने का प्रयत्न कर रहा था। प्राय: उर्दू की जासूसी पुस्तकें पढ़ता था। जासूसी दुनिया ... जासूस महल ... उर्दू में सेक्स्टन ब्लैक और रॉबर्ट ब्लैक के उपन्यास। कभी-कभी साहस कर उनसे अंग्रेजी के किसी साधारण-से शब्द का अर्थ पूछ लेता था। वे अर्थ बता देते थे और कभी उसे साइकिल साफ करने, कभी मोची से जूतों की मरम्मत करा लाने या ऐसे ही किसी साधारण काम में लगा देते थे। ... एक-आध बार उसके अंग्रेजी के तुच्छ ज्ञान पर तरस खाकर कह दिया था कि वह नए सीखे शब्दों के वाक्य बनाए, वे उसका संशोधन कर देंगे। ... उसने कुछ अत्यंत साधारण शब्दों के वाक्य बनाकर उन्हें दिखाए भी थे। पर न तो कभी ढंग से काम कराने का उन्हें

अवकाश ही मिला और न उसके विकास में उनकी रुचि जागी। ... उन दोनों का संसार एक-दूसरे से बहुत भिन्न था और उनके लिए उसका संसार तनिक भी महत्त्वपूर्ण नहीं था। ...

एक दिन उन्होंने संदीप को सफेद कमीज, नीली निकर और जूते-मोजे डाटे हुए देखा। नारियल के तेल से उसके बाल चमक रहे थे और बुरी तरह चिपके हुए थे। ... रोहित उन दिनों ब्रिलक्रीम का प्रयोग करते थे। नारियल और सरसों के तेल वाले देहाती और गँवारू संसार से वे बहुत दूर जा चुके थे। ... आज संदीप उनके काम पर जाने से पहले अपने स्कूली कपड़े पहनकर तैयार हो गया था। ... होगा कोई कारण। उन्हें क्या। ... पर उसकी कमीज की जेब पर यह एक मैडल-सा क्या लटक रहा है? ... पता नहीं, क्या लटकाकर वह जोकर-सा इधर-उधर घूम रहा है। ... उन्हें उसमें कोई विशेष रुचि नहीं थी; पर दुनिया तो जानती थी न कि वह उनका भाई है। उनके साथ उनके घर में रहता है। ... फिर वे उसे इस प्रकार कार्टून बनकर कैसे घूमने दे सकते हैं। ...

"इधर आओ।"

वह आकर उनके सम्मुख खड़ा हो गया।

"यह जेब पर क्या लटका रखा है?"

"मैडल है।" संदीप ने कहा।

"मैडल? क्या किसी मोर्चे पर गया था?" वे हँसे थे।

उन्होंने अपने इस वाक्य से आहत संदीप का पीड़ित दर्प भी देखा था। पर इतने-से बच्चे का बैंड वालों के समान मैडल लटकाकर घूमना उनके लिए हास्यास्पद ही हो सकता था।

"मुबाहिसे में जीता है।" उसने अपना सारा आत्मबल बटोरकर उनका प्रतिवाद किया।

"मुबाहिसा! ओह डिबेट!" उन्हें कुछ गंभीर होना पड़ा।

उन्हें उसी से गालूम हुआ था कि नगर के सारे स्कूलों की वार्षिक प्रतियोगिताओं में उसे मिडिल स्कूलों की उर्दू वाद-विवाद प्रतियोगिता में पुरस्कार-स्वरूप यह मैडल मिला था,जिसका प्रदर्शन कर वह मुहल्ले में स्वयं को गौरवान्वित करता फिर रहा था। बचपना ही तो था। नहीं जानता था कि मैडल को अपने डब्बे में बंद रहना चाहिए, और कोई विशेष आवश्यकता होने पर ही किसी को दिखाना चाहिए। मैडल लटकाने का प्रचलन या तो सेना की

आलंकारिक वर्दी में था, या फिर बैंड-बाजे वाले, शहनाई और नफीरी बजाने वाले इस प्रकार मैडल लटकाते थे। कभी-कभी जादू का प्रदर्शन करने वाले, तथाकथित प्रोफेसर लोग भी इस प्रकार के मैडल लटकाते थे। ... इस बच्चे को किसी ने नहीं बताया और यह अपने बौने अहं को प्रदर्शित करता, मैडल लटकाए गलियों में घूम रहा है।

उन्होंने उससे यह पूछना भी आवश्यक नहीं समझा था कि डिबेट का विषय क्या था और वह वहाँ क्या बोलकर आया था। यद्यपि घर में से ही उन्हें यह ज्ञात हो गया था कि विषय भारत की अन्न-समस्या से संबंधित था और पिता जी ने जो-कुछ लिखकर दिया था, वह उसे ही घोट गया था और काँपती टाँगों से मंच पर खड़ा होकर सूखे होंठों से उसे उगल आया था। ...

रोहित के लिए यह कोई उपलब्धि नहीं थी। उर्दू में बोलने वाले लड़के ही कितने रहे होंगे और वह भी सातवीं कक्षा तक के। उनमें बोलकर पुरस्कार ले आया, तो ठीक है। अपने में प्रसन्न है तो रहे प्रसन्न। ...

उसके बाद से यदा-कदा, उसकी प्रतियोगिताओं की चर्चा उनके कानों में पड़ती रहती थी, जैसे प्रदीप के फुटबाल और वालीबॉल के मैचों की भनक कान में पड़ जाती थी। ... पर तब उन्होंने यह नहीं सोचा था कि वाद-विवाद की प्रतियोगिताओं में भाग लेने वाला उनका यह भाई अपनी इसी क्षमता के बल पर कॉलेज में पढ़ाने की नौकरी करना चाहेगा और उनसे भी वाद-विवाद करेगा। ...

उसने वह सारा पागलपन भी किया। विज्ञान, इंजीनियरिंग और चिकित्साशास्त्र की पढ़ाई छोड़कर, वह हिंदी का अध्यापक बन गया। उन्हें कुछ अच्छा नहीं लगा था यह सब। पर उन्होंने स्वयं को समझा लिया कि है तो वह उनका भाई ही; पर उससे क्या? उन दोनों का संसार एक-दूसरे से बहुत भिन्न था। वह कहीं, कुछ लोगों के सम्मुख भाषण कर, कोई छोटी-सी कहानी लिखकर और उसे छपवाकर ही बहुत प्रसन्न रहता था। उससे अधिक शायद उसको कुछ चाहिए ही नहीं था। ... कॉलेज तक आते-आते, जाने क्यों और कैसे वह हिंदी में आ गया था। कुछ अंग्रेजी न जानने वाले या कम अंग्रेजी जानने वाले धोतीधारियों के समाज में सम्मिलित होकर वह परम प्रसन्न था। जीवन में किसी ऊँचे लक्ष्य की ओर कभी पग ही नहीं उठाया था उसने। ऊँची सोसायटी की ओर कभी देखा ही नहीं था। शायद वह स्वयं को उसके योग्य ही नहीं पाता था। ...

तब तक वह लैक्चरर बन गया था। कॉलेज में पढ़ाता था। उन्होंने उससे उसके ग्रे हेयर की समस्या के विषय में पूछा था। बहुत अकड़कर बोला था कि उसके बाल या तो काले ही हैं, या फिर सफेद हो जाते हैं, ग्रे नहीं रहते ...

बहुत दया आई थी उन्हें। उसे समझाया कि 'ग्रे हेयर' का अर्थ बालों का सफेद होना ही है।

वह लज्जित होने के स्थान पर जोर से हँसा था, "मैं जब इंटरमीडिएट में पढ़ता था भैया! तो कॉलेज के वार्षिकोत्सव में हिंदी और अंग्रेजी की डिबेट और निबंध प्रतियोगिताओं में मुझे पाँच-छह पुरस्कार मिले थे। पुरस्कारों में अंग्रेजी की कुछ पुस्तकों की दो-दो प्रतियाँ आ गई थीं। मैं उन पुस्तकों को लौटाने या बदलने के लिए कॉलेज ले गया था। वहाँ मुझसे एक वर्ष आगे के एक लड़के ने मुझे पुरस्कार जीतने पर बधाई दी। मेरी पुस्तकें देखीं और लौटाते हुए बोला, 'कीप इट अप।' जितनी अंग्रेजी मुझे आती थी, मैं उसी हिसाब से समझा कि वह मुझे उन पुस्तकों को रख लेने का सुझाव दे रहा है। मैंने तड़पकर कहा, 'इन्हें तो कभी नहीं रखूँगा।' "

अंग्रेजी नहीं पढ़ने से तो यही होना था। पर वह नहीं समझ रहा था कि उसने हिंदी से चिपककर क्या-क्या खोया है।

और फिर अकस्मात् ही रोहित ने अनुभव किया कि उनका यह भाई हिंदी वाला होने के साथ-साथ स्वयं को बहुत भारतीय और पक्का हिंदू मानने लगा था। वह यूरोप और अमेरिका ही नहीं, भारत में छपी अंग्रेजी पुस्तकों को पढ़े बिना ही स्वयं को भारतीय संस्कृति का ज्ञाता मानने लगा था। उसे बोलने और उलझने की झक तो थी ही,अब उसे सार्वजनिक सभाओं में वक्ता की मान्यता भी मिलने लगी थी।

एक बार वह अकस्मात् ही दिल्ली से पुणे आ गया था। उन्होंने चकित होकर उसके इस प्रकार आने का कारण पूछा, तो बोला कि नगर की एक प्रसिद्ध संस्था ने उसे भाषण के लिए बुलाया है। वह नगर में तीन दिन रहेगा और तीन भाषण करेगा। उस संस्था ने उसके आने-जाने का किराया दिया था। उसकी आने में कोई विशेष रुचि नहीं थी, पर सोचा कि इसी बहाने वह उनसे मिल लेगा। संस्था ने उसके ठहरने की व्यवस्था भी की थी; किंतु वह स्वेच्छा से अपने भाई के घर ठहरने के लिए आ गया था।

वे अपने इस भाई के महत्त्व पर मुसकराकर रह गए थे। उसे बुलाने वालों पर भी उन्हें दया ही आई थी। नहीं मिला होगा हिंदी वालों को कोई ठीक-ठाक

आदमी। बुला लिया उसे ... जहाँ अश्वत्थ और वट वृक्ष नहीं होते, वहाँ रेंड़ी का झाड़ ही वृक्ष मान लिया जाता है।

उसने नगर की प्रसिद्ध संस्था के हॉल में भाषण किया; उसने स्थानीय कॉलेजों के छात्रों को भी संबोधित किया; नगर भर की भीड़ जुटी, किंतु वे उसे सुनने नहीं गए। न उनके बच्चे गए। घर में ही बहुत बक-झक सुन लेते थे उसकी। सुनें ... जिन्हें और कोई काम नहीं था। ...

अब वह छोटा-सा ढीली निकर अथवा ढीला पाजामा पहनने वाला, बिखरे बालों वाला और धूल-धक्कड़ में कंचे खेलने वाला लड़का नहीं था। यह बोध तो उसे वर्षों पहले उस दिन हो गया था, जब उसने उनकी नायलॉन की नई जुराबें, उनसे बिना अनुमति लिए, सूखने वाले कपड़ों की तार से उतारकर पहन ली थीं। पहन ही नहीं गया था, उन्हें पूरी तरह खराब कर लाया था। ...

उन दिनों वह कॉलेज में पढ़ रहा था और कॉलेज में गए भी शायद उसे कुछ ही महीने हुए थे। ... वह कॉलेज से लौटकर आया, तो रोहित ने अपनी जुराबों के विषय में पूछा। उसने सीधे-सीधे स्वीकार कर लिया कि आज कॉलेज में एक समारोह था। उसे दो-तीन लड़कियों को साथ लेकर कॉलेज जाना था और उन लड़कियों को वापस घर भी पहुँचाना था। उसके पास पहनने के लिए कोई भी साबुत जुराब नहीं थी। इसलिए वह उनकी जुराबें पहन गया था। इतनी छोटी-सी बात के लिए क्या पूछना। जुराबें गंदी हो जाएँगी तो वह धो देगा। ... पर उसके धोने-वोने से कुछ नहीं हुआ था। जिस प्रकार कीचड़ में भीगकर उनका रंग गदला हुआ था, उससे रोहित समझ गए थे कि संदीप के सस्ते जूते ऐसे नहीं थे कि वर्षा के दिनों में सड़क पर बहते पानी को रोक सकें। मार्ग में गदला पानी जूतों में घुस गया था। अब धुलकर जुराबों का अपना रंग नहीं लौटा था। न लौट सकता था। ...

पर संदीप को डाँटने का साहस नहीं हुआ था रोहित को। ... संदीप कॉलेज में पढ़ता था। उसके साथ लड़कियाँ जाती थीं। वह सचेत था कि उसे फटी जुराबें नहीं पहननी हैं, जिनमें से पैर की ऐड़ी दिखती हो या अँगूठा जुराब से बाहर दिखाई देता हो। ... अभी तो उसने अपने सस्ते जूतों की शिकायत नहीं की थी, नहीं तो वह उनके जूते की ओर भी हाथ बढ़ा सकता था। मोहित ने उसे कहीं हुगलापट्टी की दुकान से सस्ते जूते खरीद दिए थे। रोहित के जूते तो बाटा के नए एंबैसेडर थे। यदि कहीं वह उनके जूते भी पहन गया तो वे क्या करेंगे? और

उनके पास इतने पैसे भी नहीं थे कि वे अपने सारे भाइयों को बाटा के महँगे जूते खरीदकर दे सकें। ... पर नहीं! शायद उनके पैरों का नाप एक नहीं था। वह उनके जूते नहीं पहन सकता था और न ही कभी उसने वे पहने।

उन्होंने वे जुराबें तो संदीप को दे ही दीं, एक सस्ता-सा सूती जुराबों का जोड़ा और भी ला दिया, ताकि वह फिर उनका कोई दूसरा जोड़ा खराब न करे।

उसके पश्चात् वैसी कोई स्थिति आई नहीं। संदीप ने कुछ ट्यूशनें पकड़ ली थीं। उससे उसे कुछ पैसे मिले थे और उसने अपनी पसंद की नायलॉन की ही जुराबें खरीदी थीं। उन्हीं पैसों में से उसने पहली पतलून सिलवाई, तो वे कुछ चकित हुए थे। दूसरी पतलून सिलवाई, तो वे कुछ खीज उठे थे।

"तुम्हारे पास पैसे हैं तो तुम अपने ही कपड़े सिलवाते रहोगे? एक पतलून सुजीत को भी सिलवा देते। तुम्हारा छोटा भाई है आखिर।"

कहने को तो उन्होंने कह दिया; किंतु कहकर डर गए थे। वह आजकल बहुत स्वतंत्र हो गया था। अपने लिए सारे निर्णय स्वयं ही करता था। कोई आपत्ति करे तो उसे जम कर उत्तर भी देता था। ... अब यदि इस समय वह कह देता कि उनके पास पैसे होते हैं तो उन्होंने कभी उसे कोई पतलून सिलवाकर दी है – तो वे क्या कहते?

बहुत बार उनके मन में आया था कि वे अपने छोटे भाइयों को कुछ लेकर दें। उनका स्तर कुछ सुधारें। पर उनका वेतन ही कितना था। उसमें से भी घर के खर्च के नाम पर पिता जी को कुछ दे देने के पश्चात् इतना बचता ही नहीं था कि किसी और के लिए कुछ भी करते। वे दफ्तर जाते थे, पिता जी या मोहित के समान दुकान पर नहीं बैठते थे, इसलिए उन्हें अच्छे कपड़े चाहिए थे। वे मोहित के समान इधर-उधर की दुकानों से सस्ता कपड़ा नहीं खरीदते थे। नगर के मुख्य बाजार में से बढ़िया दुकान से बढ़िया कपड़ा खरीदते थे। अच्छे दर्जी से सिलवाते थे। वे अपना स्तर नीचे नहीं गिराना चाहते थे। उससे व्यक्ति दूसरों की नजर में भी गिर जाता है। पिता जी स्वयं को एक गरीब दुकानदार मानते थे ; पर रोहित स्वयं को एक गरीब दुकानदार का पुत्र नहीं मानना चाहते थे। वे अपने दम पर अपना स्तर बनाना चाहते थे – चाहे खाना-पीना हो, चाहे पहनना-ओढ़ना हो, चाहे साबुन-तेल हो, चाहे कहीं आना-जाना हो, चाहे मिलना-जुलना हो। वे मोहित के समान पटरी के किसी दुकानदार के साथ मैत्री का अनुभव कर उसके घर नहीं जा सकते थे। वे अपनी आँखें उठाकर आकाश की ओर देख रहे थे।

उन्हें ऊपर ही ऊपर उठते जाना था। ... शायद यही कारण था कि उनका हाथ सदा ही तंग रहा ...

संदीप कितना स्वतंत्र हो गया था, यह तो उनको उस दिन पता चला, जब वह स्वयं जाकर कॉलेज में अपना नाम लिखा आया था और अपनी इच्छा से हिंदी, तर्कशास्त्र और मनोविज्ञान जैसे विषय भर आया था। उस दिन भी रोहित बहुत झल्लाए थे। संदीप के अंक ऐसे थे कि उसे कोई भी अच्छे से अच्छा विषय मिल सकता था; किंतु वह मूर्ख सबसे घटिया विषय भर आया था। उनकी इच्छा हुई थी कि उसे कसकर डाँटें। ... पर जाने क्यों, उनका साहस ही नहीं हुआ। ... आज तक उन्होंने उसकी पढ़ाई में कभी कोई रुचि नहीं ली थी। उससे न कभी कुछ पूछा था, न बताया था। उनका अपना संसार ही इतना गतिविधिपूर्ण और हलचल से भरा था। अपना कोई छोटा भाई उन्हें इस योग्य नहीं लगता था कि वे उसे अपने संसार में प्रवेश दे सकें। वे छोटे भी थे, नासमझ भी और असमर्थ भी। ...

अवस्था की दृष्टि से मोहित ही उनके निकटतम था। पर उसने तृतीय श्रेणी में मैट्रिक पास कर, पिता जी की दुकान पकड़ ली थी। अब उससे वे क्या बात करते। उससे छोटे भाइयों ने पिता जी के बाद मोहित को ही अपना आश्रय मान लिया था। वे अपनी आवश्यकता की चीजें, या उनके लिए पैसे मोहित से ही माँग लेते थे। वह अपनी दुकान के आस-पास की दुकानों से, उनके लिए कपड़े ले देता था, जूते खरीद देता था। ... और तब तो हद ही हो गई थी, जब उसने संदीप को कॉलेज की ओर से कश्मीर घूमने जाने के लिए भी पैसे दे दिए। ... रोहित चकित रह गए थे। अपने परिवार में से आज तक कभी कोई कश्मीर नहीं गया था; और यह संदीप, जिसे अभी ठीक से पाजामे का नाला बांधना भी नहीं आता, उठकर कश्मीर चल दिया था ...

पर वह बाद की बात थी।

संदीप की पढ़ाई के विषयों के संदर्भ में अपनी कुढ़न उन्होंने पिता जी के सम्मुख प्रकट की थी।

"यह क्या समझता है अपने आपको? गया और अपना नाम लिखा आया। अपने विषयों का चयन भी कर आया। किसी को कुछ समझता ही नहीं। घर में कोई बड़ा नहीं है क्या? किसी से पूछने की कोई आवश्यकता नहीं है?"

"कुछ गलत निर्णय कर लिया क्या उसने?" पिता जी ने चिंतित होकर पूछा था।

"गलत? गलत तो है ही। जो विषय वह पढ़ने जा रहा है, उनके बल पर तो क्लर्की भी नहीं मिलेगी उसे। डेढ़- दो सौ रुपयों की नौकरी ढूँढ़ता फिरेगा और कोई घास भी नहीं डालेगा।" रोहित ने कहा था, "अंग्रेजी तक नहीं आएगी। उर्दू छोड़ चुका है। हिंदी अभी-अभी शुरू की है। वैसे हिंदी के माध्यम से जा भी कितनी दूर पाएगा वह।"

रोहित को स्मरण है कि उन दिनों तक घर में स्थिति यह थी कि संदीप और प्रदीप जाकर मुस्लिम लायब्रेरी से, उर्दू की पुस्तकें लाते थे और पिता जी समेत घर भर के लोग उन्हें पढ़ते थे। या संदीप अपने मित्रों से कुछ जासूसी उपन्यास ले आता था। ... केवल रोहित ही थे कि सान्याल ब्रदर्स से अंग्रेजी की पुस्तकें और अंग्रेजी की पत्रिकाएँ लाते थे – कुछ खरीदकर, कुछ किराए पर। पिता जी भी उनकी लाई हुई पत्रिकाओं में से कुछ कहानियाँ इत्यादि पढ़ लिया करते थे। न तो वे कोई गंभीर साहित्य पढ़ते थे और न ही उन्हें अपना मानसिक विकास करने की आवश्यकता का अनुभव होता था। वे तो केवल अपना समय काटने के लिए पढ़ते थे। ...

पर इन लड़कों का क्या होगा? ये हिंदी-उर्दू पढ़ते रहेंगे, तो जीवन में कभी कुछ बन नहीं पाएँगे। कभी सभ्य समाज का अंग नहीं होंगे। बस दुकानदार या क्लर्क बनकर रह जाएँगे ...

पिता जी भी संदीप की स्वतंत्रता और आत्मनिर्भरता को जानते ही थे। उन्होंने न तो डाँटा, न कोई स्पष्टीकरण माँगा। बस सूचना भर दे दी कि उसके रोहित भैया उससे कुछ रुष्ट हैं कि उसने अपने आप ही सारे निर्णय ले डाले। उसे बड़े भाइयों से पूछ तो लेना चाहिए था। ...

संदीप ने आश्चर्य प्रकट करते हुए कहा था कि घर में किसी को उसकी पढ़ाई में किसी प्रकार की कोई रुचि भी है? वह तो यही जानता है कि चौथी कक्षा में भी स्कूल में प्रवेश लेने के लिए वह अकेला ही गया था। पिता जी ने आवेदनपत्र तो भर दिया था, फीस के पैसे भी थमा दिए थे; किंतु घर से कोई उसके साथ तो गया नहीं था। दस चक्कर लगाए थे उसने उस स्कूल के, पर अकेले ही लगाए थे। पंक्ति में वह स्वयं ही खड़ा हुआ था। स्कूल के नियमों के अनुसार एक दुकानदार के बेटे को प्रवेश देने में कुछ कठिनाई थी। उसे प्रवेश नहीं मिल रहा था, तो वह अकेला ही रोया था। ... फिर आज कॉलेज में प्रवेश के लिए कोई साथ जाता? घर के लोग यह तो चाहते हैं कि उनसे पूछा जाए, पर कोई सहायता

की बात भी करता है? कोई बड़ा बनकर उसके साथ भी चलता है? बस अधिकार ही हैं बड़ों के? दायित्व किसी का नहीं है?

पिता जी क्या कहते। सब जानते थे कि कुछ अपनी आँखों की सीमित रोशनी के कारण और कुछ उसके कारण बन गए अपने स्वभाव के कारण, पिता जी कहीं नहीं जाते थे।

बोले, "ठीक है बेटा! पर बड़े भाई का मान रख लो।"

संदीप ने उनका मान रखने के लिए उनसे अपने विषयों संबंधी कुछ चर्चा छेड़ी थी। जानते वे भी थे कि संदीप को कोई परामर्श नहीं चाहिए था; और जानता संदीप भी था कि उसे अपनी इच्छा के विरुद्ध उनका कोई परामर्श मानना नहीं था।

वे संदीप की यह स्वतंत्रता देखते रह गए थे। अपनी पढ़ाई में, अपनी नौकरी में, अपने विवाह में, अपने बच्चों को पढ़ाने-लिखाने में, उनका पालन-पोषण करने में – वह सारे निर्णय स्वयं ही कर लेता था। और तो और, उसने अपना मकान बनाया तो गृहप्रवेश के अवसर पर बजाय आने का निमंत्रण देने के उसने लिखा कि वह गृहप्रवेश कर रहा है। वह नहीं चाहता कि वे लोग अपनी नौकरियों से छुट्टी लेकर भागते-दौड़ते इतनी दूर से केवल उस अवसर के लिए आएँ और कुछ ही घंटों के पश्चात् लौटने की बात करें। वह चाहेगा कि उन्हें जब अवकाश मिले, वे आएँ और उसके साथ कुछ समय के लिए रहें। ... ऐसा ही उसने अपने बच्चों के मुंडन के समय किया था। उन्हें निमंत्रण भेजा था कि वह बच्चों के मुंडन कर रहा है। वह नहीं चाहता कि उसके लिए वे लोग नौकरी से छुट्टी इत्यादि लें और लंबी यात्रा का कष्ट उठाएँ। वह उनको सूचना भर दे रहा है और बच्चे के लिए उनके आशीर्वाद की कामना कर रहा है। ...

पहले बच्चे के जन्म के समय तो उसने अपनी पत्नी को घर भेज दिया था; किंतु छोटे के तो जन्म की ही सूचना दी थी। पिता जी ने अपना रोष प्रकट किया कि उसने अब तक इस सूचना को उनसे छुपाए क्यों रखा था, तो बोला कि जन्म से पहले सूचना देता तो क्या हो जाता? सूचना का अवसर आया तो सूचना दे दी। ...

पिछले दिनों उसने अपने बड़े बेटे का विवाह किया था। सारा नियंत्रण उसके अपने हाथ में था। जो उसकी योजना में था, वह होगा। जो उसकी इच्छा नहीं है, वह नहीं होगा। चाचा-ताऊ, मामा-फूफा, चाची-ताई, मौसी-बूआ-मामी, दादा-दादी,

नाना-नानी ... किसी की इच्छा का कोई अर्थ नहीं था उसके लिए। ... बरात कब चलेगी, कैसे चलेगी। फेरे कब होंगे, कैसे होंगे। क्या लिया जाएगा, क्या दिया जाएगा। उसने किसी से कुछ नहीं पूछा। ... उसने भोजन प्रबंधक को कह दिया कि खाना परोस दो, तो परोस दो। कोई तैयार है या नहीं, उससे कुछ लेना-देना नहीं। क्यों लोग समय से तैयार नहीं होते। क्यों कोई देर करता है। सब काम निश्चित समय से होना चाहिए। कोई अपनी बाध्यता, अपने शौक, अपने आलस्य अथवा अपने प्रमाद से देर कराएगा तो वह उसकी एक नहीं सुनेगा। छोड़ जाएगा उसे घर में ही।

वेदी पर बैठे वर-वधू को उसने अनुशासित रखा। पुरोहितों को विभिन्न कामों के लिए अपनी इच्छा के संकेत देता रहा। वेद-पाठियों से अपनी इच्छानुसार मंत्र पढ़वाए। वधू वेदी पर बैठी थी। विवाह की विधि चल रही थी। वधू की कोई सखी या तो तब आई या शायद जा रही थी। वह वधू से बातें करने लगी। वधू भी उसे औपचारिक विदाई देने में लग गई। वधू का ध्यान मंत्र से चूक गया और संदीप ने उसकी सखी को स्पष्ट शब्दों में कह दिया कि वह जा रही है तो संकेत से नमस्कार कर चली जाए। विवाह के धार्मिक कृत्य में विघ्न न डाले।

वह लड़की बेचारी पानी-पानी हो गई। 'सॉरी- सॉरी' कहती, आँखें पोंछती हुई भाग गई।

कन्या पक्ष की लड़कियाँ, वर के जूते नहीं छिपा पाई थीं। खिसियाहट में अपने भाइयों की सहायता से, विदा के लिए सजी गाड़ी का एक पहिया ही उतार लिया था। संदीप वहाँ आया तो फट पड़ा, "यह हँसी-मजाक नहीं, मोद-प्रमोद नहीं, दुष्टता है। चुपचाप पहिया लौटाओ। तत्काल लौटाओ।"

वधू के पिता डर गए। बात फैल गई, वर के पिता अत्यंत गुस्सैल हैं।

पहिया आ गया। गाड़ी तैयार हो गई। अपनी अनेक औपचारिकताएँ अधूरी छोड़कर वधू के पिता ने बेटी विदा कर दी। संदीप की पत्नी कहती ही रही कि समधियों से कहो कि कोई भूल हो गई हो तो हमें क्षमा करें। पर संदीप ने उसे चुप करा दिया, "कैसी भूल? उन्होंने दुष्टता की, उसके लिए उन्हें डाँट पड़नी ही चाहिए।"

"बच्चे थोड़ा खेल-तमाशा तो करते ही हैं।" पत्नी ने समझाया।

"विवाह जीवन का गंभीर मामला है, खेल-तमाशा नहीं।"

विदा होते हुए उसने समधी से कहा, "बेटी की चिंता मत करिएगा। वह आज से हमारी बेटी है। उसका सुख-दुःख, मान-अपमान हमारा है। वह हमारे परिवार का सम्मान बनकर रहेगी।"

रोहित ने देखा था, जाने क्यों उस समय संदीप की आँखें भीग आई थीं। इतना भावुक तो वह कभी नहीं दिखा था उन्हें।

रोहित ने प्राय: सोचा है – यह संदीप ऐसा क्यों करता है, जैसे संसार में और किसी की कोई इच्छा ही नहीं है। सहनशीलता नहीं है उसमें? ठीक है, उसमें समय के प्रति निष्ठा है। वह प्रत्येक काम निश्चित समय पर ही करना चाहता है। अनुशासन का पक्षधर है। धार्मिक कृत्यों का पूरी निष्ठा से पालन करता है। ... पर वह ऐसा कठोर क्यों हो जाता है। वह ऐसी छोटी-छोटी बातों की अनदेखी क्यों नहीं कर सकता। ... दूसरों की भावनाओं का भी तो कुछ सम्मान होना चाहिए। ...

वह तो उसके अपने घर की बात थी। उसके अपने पुत्र का विवाह था। उसके अपने समधी उसके सामने खड़े थे। उनके साथ उसने जो भी व्यवहार किया। ... किंतु वह तो रोहित के पुत्र के विवाह पर भी कुछ ऐसा ही तमाशा कर बैठा था ...

वसु का विवाह था। बरात जाने से पहले सेहराबंदी हो रही थी। वर के ताऊ-चाचा, मामा-फूफा – सबको गुलाबी पगड़ियाँ बँधी थीं। इधर पंडित जी गणेश-पूजन कर नवग्रहों की पूजा कर रहे थे। वसु की मामा की बेटियाँ वसु से चुहल कर रही थीं। वसु का ध्यान बार-बार उचट जाता था। वह पूजा की ओर ध्यान नहीं दे पा रहा था। ...

रोहित को स्वयं यह सब अच्छा नहीं लग रहा था। नवग्रह-पूजन महत्त्वपूर्ण अंग था ग्रह-शांति का। ग्रह-शांति ठीक से न हुई, तो व्यर्थ ही कहीं कोई अनिष्ट न हो जाए। जो जितना शुभ और महत्त्वपूर्ण काम होता है, उसमें अनिष्ट की उतनी ही आशंका होती है। ... पर इन लड़कियों को कौन समझाए। माँ-बाप ने भी सिर चढ़ा रखी हैं। इन्हें इस समय चुहल सूझ रही है। विधि-विधान का ध्यान नहीं है इन्हें। कभी वसु की गंभीरता और तन्मयता का उपहास करती हैं, कभी पंडित जी की नकल करती हैं। कभी ग्रहों को ही कुछ कह देती हैं। न मंत्रों के प्रति सम्मान है उनके मन में और न देव-प्रतीकों के प्रति। उनके लिए तो यह सारा खेल-तमाशा ही है। ...

और सामने बैठा है संदीप। त्योरियां चढ़ी हुई हैं उसकी। उसे अच्छा नहीं लग रहा यह सब। अभी रुष्ट होकर कुछ कह देगा, तो विवाह का सारा मजा किरकिरा हो जाएगा ...

पर संदीप ने कुछ नहीं कहा। उसने एक उचटती-सी उपेक्षापूर्ण दृष्टि उन लड़कियों पर डाली और पूजा में तन्मय होने का प्रयत्न करने लगा। ... स्वयं

रोहित ने ही उन लड़कियों को एक वर्जनापूर्ण निषेधात्मक दृष्टि से देखा; किंतु या तो वे उनका मनोरथ समझीं नहीं, या फिर उन्होंने उनकी उपेक्षा करने की ही ठान ली थी।

पूजा पूरी हो गई। संदीप पंडित जी से बातें करने लगा। रोहित ने चैन की साँस ली थी। उन्हें अभी एक चक्कर मंदिर का भी लगाना था। वे निश्चिंत हो कर चले गए। अब कर लें लड़कियाँ हँसी-ठिठोली, जितनी करना चाहें। गा लें फिल्मी गीतों की जितनी पंक्तियाँ गाना चाहें। ...

लौटकर आए तो पता चला कि पीछे बहुत-कुछ घटित हो चुका था।

सबसे पहले उनके पास संदीप ही आया, "भैया! पहले मैं ही आपको बता दूँ। ऐसा न हो कि आपके पास दूसरे पक्ष की शिकायत आए। आपको झूठी बातें बताई जाएँ। आपको लगे कि मैंने कोई अनर्थ कर डाला है।"

"क्या हुआ?" वे घबरा गए थे।

"आपके सामने ही आपके साले की बेटियाँ जो कुछ कर रही थीं, आपने देखा ही था। आपके जाने के बाद उन्होंने आपका ही उपहास करना आरंभ कर दिया कि फूफा जी को देखो, हमें ही आँखें दिखा रहे थे। आपके साले साहब भी उन्हीं का साथ दे रहे थे।" संदीप बोला, "आपकी अनुपस्थिति में इस प्रकार आपका उपहास किया जाना, मुझे बहुत अपमानजनक लगा। मैंने उनसे कह दिया कि पूजा जैसे पवित्र कर्म के समय उनका व्यवहार उचित नहीं था। पूजा की मर्यादा की रक्षा होनी चाहिए। वे सहमत नहीं हुईं। बोलीं कि विवाहों में तो यह सब होता ही है। मैंने कहा कि जहाँ लोक-रीति होती है, वहाँ हास-परिहास भी होता है; किंतु जहाँ शास्त्र-विधि होती है, वहाँ न हास-परिहास होता है न गुल-गपाड़ा। नवग्रह-पूजन को गंभीरता से देखा-सुना जाना चाहिए।" उसने रोहित को देखा, "वे लोग मेरी इन बातों से रुष्ट हैं। मुँह सूज गए हैं, उन सबके। पर मैं समझता हूँ कि मैंने कुछ भी अनुचित नहीं कहा है। न मैं भगवान की पूजा का उपहास सह सकता हूँ, न आपका।"

रोहित समझ गए थे कि मामला गड़बड़ हो चुका था। उनके ससुराल वाले तो रुष्ट हो ही गए होंगे। उनकी पत्नी भी उनसे कम रुष्ट नहीं होगी। यह संदीप कहीं विवाह के लिए कोई संकट ही न बन जाए। ... पता नहीं, यह किसी काम को निर्विघ्न पूरा हो क्यों नहीं जाने देता? जो चल रहा है, उसे चलने क्यों नहीं देता? यह सबको रोककर उन्हें सुधारने क्यों लगता है? अरे, उनका उपहास हो

रहा था तो हो लेता। वे स्वयं समझ लेते उससे। भगवान की पूजा का उपहास होगा तो भगवान उनसे रुष्ट होंगे, जिन्होंने उपहास किया है। संदीप क्यों बीच में आ जाता है? इसके विवाह को भी इतने वर्ष हो गए हैं, क्या यह नहीं जानता कि पत्नी को मनाना कितना कठिन होता है। उसने उनके उपहास का विरोध किया ... और अब विवाह में ही कोई तमाशा बन गया तो उनका सम्मान बच पाएगा? उनकी पत्नी को पहले ही शिकायत है कि वे अपने भाइयों को कुछ अधिक ही महत्त्व देते रहते हैं। ... उनका यह भाई आज सारे नगर में उनका उपहास करवाएगा। ...

"ठीक है।" वे बोले, "जो हुआ सो हुआ। मैं समझता हूँ कि उनका और तुम्हारा दृष्टिकोण भिन्न है। पर मुझे तो सबको साथ लेकर चलना है।"

उनके मन में और भी बहुत-कुछ था। उनकी अवस्था बढ़ रही थी। उनमें वह पहले जैसी ऊर्जा नहीं रही थी। मन में उतना उत्साह भी नहीं था। पर पुत्र का विवाह तो करना था। अब प्रत्येक व्यक्ति के व्यवहार के औचित्य और अनौचित्य को देखने लगेंगे तो किस-किससे लड़ेंगे? सब अपने-अपने रास्ते चलें, पर उनका काम तो हो जाने दें। ...

पर पूजा के विषय में वे संदीप से उलझना नहीं चाहते थे। यदि वे उसे वह सब कह देते, जो उनके मन में था तो वह उन्हें स्वामी विवेकानंद के जीवन की वह घटना सुना देता,जब अमरीका से भारत लौटते हुए जलपोत में एक अमरीकी पादरी ने उनसे उलझना चाहा था और हिंदू धर्म की निंदा की थी। स्वामी जी ने उसे रोका था, किंतु वह नहीं माना तो स्वामी जी क्रुद्ध हो उठे थे; और उन्होंने कहा था कि यदि वह अब भी चुप नहीं हुआ तो वे उसे उठाकर समुद्र में फेंक देंगे। ...

उन्हें स्मरण था कि किसी और संदर्भ में संदीप ने ही उन्हें श्रीरामकृष्ण परमहंस के जीवन की एक घटना सुनाई थी। उनका एक शिष्य नाव में कलकत्ता से दक्षिणेश्वर आ रहा था। उसके सहयात्री श्रीरामकृष्ण की निंदा कर रहे थे। शिष्य बेचारा चुपचाप बैठा सब-कुछ सुनता रहा। उसने आकर ठाकुर को बताया कि नाव में लोग उनकी इस प्रकार निंदा कर रहे थे, तो ठाकुर ने उसे डाँटा, "कोई गुरुनिंदा सुनकर भी चुप बैठा रहता है?"

तो फिर संदीप ही अपने बड़े भाई और भगवान का उपहास कैसे चुपचाप सुन लेता?

रोहित जैसे किसी निद्रा से जागे ... कल प्रिया की तेरहवीं थी। प्रात: ही उन लोगों को पुणे जाना था, प्रिया के ससुराल। वहाँ का सारा प्रबंध प्रिया के ससुर करेंगे। वे भी अपनी प्रकार के एक ही अनुशासनप्रिय व्यक्ति हैं। उनका अनुशासन भी बहुत कठोर होता है। जाने उन्होंने क्या प्रबंध कर रखा होगा। कैसा पुरोहित होगा। कैसी पूजा होगी। कौन-कौन लोग आ रहे हैं। वे लोग कैसा व्यवहार करेंगे। कौन पूजा के प्रति सम्मान दिखाएगा और कौन बैठा बातें ही करता रहेगा। ... पुरोहित अथवा पूजा में भी कोई कमी हो सकती है। वह संदीप के समान पूर्णता का समर्थक नहीं भी हो सकता ...

संदीप भीतर कमरे में चला गया था।

रोहित ने झाँककर देखा: वह कोई पत्रिका उलट-पलट रहा था। नहीं, कोई गंभीर काम नहीं कर रहा था। वे भीतर चले आए। जाकर उसके पास बैठ गए।

"संदीप! तुमसे एक बात कहनी है।" उन्होंने बहुत धीरे से कहा, "बुरा नहीं मानना।"

संदीप ने जरा चकित दृष्टि से उनकी ओर देखा। भैया ऐसा क्या कहने जा रहे हैं, जिसका उसे बुरा नहीं मानना है?

संदीप का अनुभव है कि 'बुरा मत मानना' की चेतावनी के साथ जितनी भी बातें कही जाती हैं, वे वस्तुत: बुरा मानने वाली ही होती हैं। जाने भैया के मन में क्या है। पर कोई बात नहीं। वे लोग शोक के अवसर पर एकत्रित हुए हैं। भैया बहुत दु:खी हैं। ऐसे में यदि वे ऐसी कोई बात कह भी लेंगे, जो उसे बुरी लगे, तो कह लें। उनके सुख के लिए इतना तो सहा ही जा सकता है।

"कहिए। नहीं मानूँगा बुरा।" वह बोला।

"देखो! कल हम लोग पुणे जा रहे हैं। हो सकता है कि वहाँ कुछ ऐसा हो जो तुम्हें पच न सके; तुम्हें अच्छा न लगे; या तुम्हें आपत्तिजनक लगे।" भैया ने उसकी ओर देखा, "ऐसे में तुम्हें मेरे लिए चुप रहना है। तुम वहाँ कुछ नहीं बोलोगे।"

संदीप सीधा तनकर बैठ गया, "आप यह बात इसलिए कह रहे हैं, क्योंकि मैंने वसु के विवाह में आपके साले की बेटियों के व्यवहार को अनुचित बताया था?"

"नहीं! मैं उसके कारण नहीं कह रहा हूँ।" रोहित ने कहा, "मैं तो एक सामान्य-सी बात कह रहा हूँ।"

"कह तो आप सामान्य बात ही रहे हैं।" संदीप बोला, "किंतु कह आप उसी के कारण रहे हैं। मैंने तब भी आपको बताया था कि मेरा कोई दोष नहीं है। आज फिर बता दूँ ...।"

"मैं मानता हूँ कि तुम्हारा कोई दोष नहीं था।" रोहित बोले, "फिर भी कह रहा हूँ कि तुम वहाँ कुछ नहीं बोलोगे।"

"नहीं बोलूँगा।" संदीप ने कहा, "पर अभी तो आपसे यह कह सकता हूँ न कि मैं सैकड़ों स्थानों पर जाता हूँ और बुलाया जाता हूँ। बोलने के लिए ही बुलाया जाता हूँ। चुप रहने के लिए नहीं। मेरी ख्याति यह नहीं है कि मैं कहीं जाकर दंगा करता हूँ।"

"मैंने यह नहीं कहा।"

"नहीं! आपने तो नहीं कहा। पर मैं कहना चाहता हूँ कि इतनी समझ मुझे भी है कि कहाँ क्या बोलना है।" संदीप के स्वर में पीड़ा थी, "वसु के विवाह में मैं बोला, क्योंकि वह विवाह था और हमारे अपने घर का विवाह था। मैं मानता हूँ कि मुझे अपने परिवार की बातों में बोलने का अधिकार है। यहाँ स्थिति एकदम भिन्न है। यह शोक का अवसर है और फिर बेटी के ससुराल का मामला है। यहाँ मैं बीच में कैसे बोल सकता हूँ।"

"यह सब ठीक है, पर तुम वहाँ कुछ मत बोलना।" रोहित सुग्गे के समान एक ही बात रट रहे थे।

"नहीं बोलूँगा।"

"मेरी बात का बुरा नहीं मानना।"

"आपकी बात का क्या बुरा मानना।" संदीप बोला।

रोहित उठकर बाहर आ गए।

संदीप का मन भारी होता जा रहा था। ... वह बुरा क्यों मान रहा है? ... उसने अपने-आपसे पूछा। ... उन्हें पूरा अधिकार है कि वे उसे अपने मामलों में बोलने से मना कर दें। कुछ अनुचित तो नहीं कहा, उन्होंने। और बड़े शिष्ट और शालीन ढंग से कहा है।

पर संदीप का एक और मन भी था, जो इससे तनिक भी सहमत नहीं हो पा रहा था। ... नहीं! उसने बुरा तो नहीं माना था। बुरा मानने की बात ही क्या है? ... पर कष्ट तो उसे हुआ ही था। यह है उसकी ख्याति? यह सोचते हैं भैया उसके विषय में? वह जहाँ जाता है, दंगा करता है? लोग डरने लगे हैं उससे?

वह काम बिगाड़ देता है? व्यर्थ टाँग अड़ाता है? असभ्य है वह? नासमझ है? मूर्ख है? यह छवि है उसकी रोहित भैया के मन में? उसका यह मूल्यांकन किया है उन्होंने? ...

और फिर कहेंगे कि उन्होंने तो उसे कुछ कहा ही नहीं है। बस इतना ही तो कहा है कि वह वहाँ कुछ न बोले। कितने भोलेपन से कह दिया कि वह उनकी बात का बुरा न माने। पता भी है उन्हें कि वे उसे क्या कह गए हैं? उन्होंने तो बाण चलाया है। किसे लगा है और कहाँ लगा है, यह तो वे जानते ही नहीं। कितने निश्चिंत होंगे वे!

प्रतीक्षा

विमान नीचे उतर रहा था।

मैंने खिड़की से बाहर झाँकने का प्रयत्न किया। छोटे-छोटे मकान, बीच में से अपना मार्ग बनाती हुई पगडंडियों जैसी सड़कें। निश्चित रूप से ये मकान और ये सड़कें इतनी छोटी नहीं रही होंगी; किंतु ऊँचाई से वे छोटी ही दिखाई पड़ेंगी। सीमा उन मकानों की नहीं, मानवीय दृष्टि की थी। विमान नीचे उतरता जा रहा था, धरती से उसकी दूरी कम होती जा रही थी; और चीज़ों का आकार बढ़ता जा रहा था। किंतु उससे क्या? क्या मैं उस नगर को अथवा उस मुहल्ले को पहचान सकूँगा? ... चालीस वर्ष हो गए इस नगर को छोड़े। जब समय इतना बीत गया, मैं इतना आगे बढ़ गया, तो यह नगर वहीं का वहीं खड़ा रहेगा क्या?

तभी मेरा मोबाइल बजा। प्रभाकर पूछ रहा था कि मैं विमान से उतर आया हूँ क्या?

"विमान नीचे उतर आया है। किसी को भी थोड़ी देर पहले दिए गए निर्देशों का स्मरण नहीं है। लोग उठ खड़े हुए हैं। मोबाइल बोलने लगे हैं। सामान रखने के ऊपरी कक्ष खुल गए हैं।"

"तो?"

"विमान के द्वार से सीढ़ी लगेगी और हम नीचे उतर आएँगे।" मैंने कहा, "मेरा सामान मेरे पास है। जमा नहीं कराया है। बस केबिन-बैगेज है। मैं सबसे पहले बाहर आ जाऊँगा। तुम कहाँ हो?"

"तुम निकलोगे तो हम सब सामने ही खड़े मिलेंगे।"

"हम सब?" मैंने आश्चर्य से पूछा।

"हाँ, हम चार-पाँच लोग हैं।"

छोटे हवाई अड्डे का यही सुख है। न बस में लदना, न पैदल चलना। जैसे द्वार पर ही विमान उतरा हो। कोई तामझाम नहीं। उतरो और बाहर।

प्रभाकर सामने ही खड़ा था। उसके साथ चार-पाँच लोग और थे। सबके हाथों में फूलमालाएँ थीं। साथ में कैमरे वाला भी था। मैं जानता था, वह सब-कुछ मेरे लिए था। मुझे इससे बड़ी घबराहट होती थी; किंतु उससे क्या? वे तो अपने मन की ही करेंगे। कल के समाचारपत्रों में उन्हें अपना मुखड़ा भी तो देखना है। ...

प्रभाकर ने मेरे हाथ से बैग लेने की औपचारिकता बरती।

"नहीं ठीक है। उम्र हो गई है, किंतु इतना-सा भार तो उठा ही सकता हूँ।" मैंने बैग नहीं दिया, "और क्या हाल है?"

"बढ़िया। सारी तैयारी हो चुकी है। नगर में उत्साह है। तुम इतने वर्षों बाद आ रहे हो।" वह बोला, "कितने ही लोग अनशन कर रहे हैं कि तुमको उनके घर पर ठहराया जाए। सब अपना-अपना अधिकार जता रहे थे। पर मैंने उन्हें समझा दिया है कि होटल में ठहरना ही तुम्हारे लिए सुविधाजनक होगा। होटल में तो कोई भी तुमसे मिल सकता है। किसी के घर पर ठहरोगे, तो मिलने वालों को कठिनाई होगी; और मिलने आई भीड़ से निबटने में गृहस्वामी को भी कष्ट होगा।"

"नहीं। होटल ही ठीक है।" मैंने कहा।

आगे जो कुछ कहना चाहता था, उसे मन में ही रोक लिया। उसके साथ अन्य लोग न होते, तो स्पष्ट शब्दों में कह देता, "किसी परिवार में ठहरो, तो सत्कार करते-करते गृहस्वामी भी तंग आ जाता है; और उसका सत्कार स्वीकार करते-करते मैं भी दु:खी हो जाता हूँ।"

ड्राइवर गाड़ी बढ़ा लाया था। हम दोनों उसमें बैठ गए। शेष लोगों के लिए दूसरी गाड़ी थी।

"यह गाड़ी सीताराम की है।" उसने बताया, "याद है सीताराम? इकनॉमिक्स ऑनर्स में पढ़ता था तब। अब बड़ा सेठ बन गया है। सुना कि तुम आ रहे हो, तो गाड़ी और ड्राइवर भेज दिया। कहलाया है कि जब तक तुम नगर

में हो, गाड़ी तुम्हारी ही है। ड्राइवर को भी निर्देश दिया है कि साहब को दिल्ली जाने के लिए जहाज़ में बैठाकर ही घर लौटना।"

"बहुत याद रखा, उसने मुझे।"

"याद! सारा नगर याद कर रहा है। कल सुनीता बद्धवार का भी फोन आया था।" वह बोला, "पूछ रही थी, तुम्हें कहाँ ठहराया जा रहा है?"

"सुनीता? वर्षों बाद उसका नाम सुन रहा हूँ। कहाँ थी वह अब तक?"

"सुनीता भल्ला होकर कनाडा चली गई थी। कई वर्ष हुए, पति को कनाडा को सौंप आई है।" वह बोला, "और अब फिर से तुम्हें याद कर रही है।"

"याद तो हम सब ही एक-दूसरे को करते रहते हैं।"

"मज़ाक कर रहा हूँ यार।"

"जानता हूँ।"

जानता तो मैं भी था कि यह मज़ाक ही था। बस, चुहल भर। किंतु वह चुहल भी भीतर कहीं दूर तक धँसकर मुझे झनझना गई थी। ... सुनीता ने फोन कर, मेरे ठहरने के स्थान का पता पूछा था। क्या मिलना चाहती है? पर पति को क्यों छोड़ आई? कौन जाने पति ने ही छोड़ दिया हो। पति-पत्नी का इस प्रकार एक-दूसरे को छोड़ना तो अब जैसे खेल हो गया है। घर नहीं बनते, रेत के घरौंदे बनते हैं, जरा-सी छुवन से ही टूट जाते हैं।

"यह हम कहाँ से गुज़र रहे हैं?" मैंने जैसे सुनीता के भूत से मुक्त होने के लिए पूछा।

"याद है तुम्हें, तब यहाँ एक कब्रिस्तान-मैदान हुआ करता था। ..."

"ओह, वह कब्रिस्तान-मैदान। कॉलेज से लौटते हुए एक बार मैंने कॉलेज के उस क्लर्क रंगाचारी को यहीं घेरा था। साला बहुत तंग कर रहा था। ..."

"हाँ, हाँ।" प्रभाकर की रुचि रंगाचारी में नहीं थी, "वह मैदान कुछ तो कब्रिस्तान ने ही निगल लिया और कुछ को विकसित कर, उस पर सड़क बना दी गई है। यह वही सड़क है।"

"तब हवाई अड्डा नहीं था, इसलिए यह मैदान उजाड़ पड़ा था। एक ओर कब्रिस्तान था, दूसरी ओर झुग्गी-झोंपड़ी कॉलोनी। तीसरी ओर दूर कहीं कंपनी के क्वार्टर थे। ... किंतु एयरपोर्ट बन जाने से यह स्थान उपयोगी हो गया। उपयोगी भी और गुलज़ार भी। एयरपोर्ट को शहर से यही सड़क मिलाती है। ..."

"ओह, हाँ। यह तब काफी सुनसान हआ करता था। रात को अँधेरे में अकेले आने-जाने में डर लगता था। तभी तो मैं रंगाचारी को डरा पाया था।" मैं बात रंगाचारी की कर रहा था, किंतु ... मैंने स्वयं को नींद से जगाया, "अब तो काफी जगमगा रहा है। होटल कितनी दूर है?"

"बिस्टुपुर में ही है।"

"तो हम पहुँचने ही वाले होंगे।"

होटल में पहुँच प्रभाकर ने रिसेप्शन पर ही कह दिया कि हम दोनों का खाना कमरे में भिजवा दें। उसे मुझसे बहुत सारी बातें करनी थीं।

हम खाना खाते रहे और वह मुझे कार्यक्रम की रूपरेखा समझाता रहा।

"देखो, पत्नकारों से सावधान रहना ..."

"अच्छा, यहाँ समाचारपत्न भी हैं?"

वह हँसा, "समय बहुत बदल गया है। आठ-दस समाचारपत्न तो नगर से ही निकलते हैं।"

"मैं जब यहाँ से गया था, तब नगर में हिंदी का एक टाइपराइटर भी नहीं था।"

"अब सैकड़ों कंप्यूटर भी हैं।"

खाना खाकर, वह मुझे आराम करने को कहकर चला गया, "सुबह जल्दी तैयार होना है।"

मैं बिस्तर पर लेटा, तो मुझे लगा कि कमरे के इस एकांत ने जैसे दिल के दौरे की तरह मुझ पर आक्रमण कर दिया है। एकांत, जो किसी का साथ चाहता है। साथ, आत्मीयता, निकटता, स्पर्श ... दिन भर का थका-माँदा था किंतु नींद ... वह तो जैसे मेरे कॉलेज के दिनों में बदल गई थी ... कॉलेज के दिन मन के आकाश पर घटाओं-से छा गए थे ... अभी बरसे कि अभी बरसे ... पुरानी घटनाएँ ... पुराने दृश्य ... वासनाओं के भूत-प्रेत। मन में कब-कब की सोई धारणाएँ, भावनाएँ, वासनाएँ जाग उठी थीं और शरीर के अंगों में अकड़ाव जवान हो रहा था ...

... कॉलेज में वह मेरा अंतिम वर्ष था।

वार्षिक समारोह चल रहा था। हम लोग एक नाटक कर रहे थे ... राइडर्स टू द सी। बहुत दिनों से पूर्वाभ्यास चल रहे थे। नाटक में सुनीता मेरी माँ बनी थी। मैं उसका सबसे छोटा बेटा था। वह कई बार कह भी चुकी थी, यह क्या

तमाशा है, जिसकी हिरोइन बनना था, उसकी माँ बनाकर उसे स्टेज पर उतार दिया था बनर्जी सर ने।

"अरे, यह नाटक है।" मैंने कहा था, "माँ हो तो क्या हुआ, नाटक की हिरोइन तो तुम ही हो।"

"अच्छा तो यह नाटक है। इसमें मैं तुम्हारी माँ हूँ।" वह बोली, "नाटक में नहीं, तुम जीवन में मुझे अपनी हिरोइन बनाओगे? तो फिर लतिका क्या करेगी?"

मैं भौंचक रह गया था ... सोचा भी नहीं था कि वह ऐसी बात भी कह सकती है। मुँहफट थी। बहुत खुली बातें करती थी; किंतु यह तो सरासर निमंत्रण था ...

"पहले मुझे जीवन में नायक बन जाने दो ... यहाँ सर ने तुम्हें माँ की भूमिका तो दी है, मुझे तो शव बना दिया है। तुम्हें एक शव की हिरोइन कैसे बनाते?"

"ओह ... वाग्चातुर्य तो कोई तुमसे सीखे।" वह मुसकराई।

नाटक आयरिश नाटककार जॉन मिलिंगटन सिंज का लिखा हुआ था। इसका पहला मंचन 25 फरवरी 1904 को आयरिश नेशनल थियेटर, डबलिन में हुआ था। बनर्जी सर हमें उसकी विशेषताएँ बताते रहते थे।

"देखो, यह वन एक्ट ट्रेजेडी है। पृष्ठभूमि अरान द्वीपसमूह की है। सिंज के नाटकों में ग्रामीण आयरलैंड का काव्यात्मक संवाद होता है। इसमें मनुष्य का मनुष्य से संघर्ष नहीं है। इसमें सागर की क्रूरता के विरुद्ध मनुष्य का हताश संघर्ष है।"

नाटक में केवल चार ही पात्र थे : एक प्रौढ़ आयरिश महिला – मौर्या। उसकी दो बेटियाँ कैथलीन, नोरा और एक पुत्र बार्टली। बीच-बीच में मौर्या के मृत पुत्रों शॉन, शीमस, स्टीफन, पैच और माइकल की भी चर्चा होती थी। एक छोटी-सी भूमिका पादरी की भी थी।

उस दिन नाटक का प्रदर्शन था। पूर्वाभ्यास समाप्त हो चुके थे। पूर्वाभ्यास में हम नाटक रोक लिया करते थे। बीच में बातें कर लेते थे। हँसी-मज़ाक हो जाता था। निर्देशक का परामर्श मिल जाता था। डाँट पड़ जाती थी। पर आज तो दर्शकों के सम्मुख नाटक का प्रदर्शन था ...

हमसे अधिक नर्वस बनर्जी सर थे, "देखो, कोई गड़बड़ नहीं होनी चाहिए।" उन्होंने मुझे देखा, "जब शव के रूप में तुम्हें लाया जाता है तो उबासी मत लेने लगना। कोई पागलपन नहीं। समझे।"

"और इन लोगों को भी समझा दीजिए, ये मुझे गुदगुदाएँ नहीं।"

"ओ.के., सीरियस।"

बनर्जी सर हट गए। परदा उठ गया। सामने मौर्या का घर था। मछुवारों का घर। अब तक समुद्र मौर्या के पति, ससुर और पाँच पुत्रों को लील चुका था। नाटक का आरंभ इस सूचना से होता है कि सागर-तट पर एक शव मिला है, जो मौर्या के पुत्र माइकल का हो सकता है।

मैं सबसे छोटे और एकमात्र जीवित पुत्र बार्टली की भूमिका में था। सुनीता बद्धवार मौर्या बनी हुई थी – मेरी माँ। मैं अपना घोड़ा बेचने के लिए सागर में यात्रा करने की तैयारी में था। मौर्या मुझे बार-बार रुक जाने के लिए कह रही थी; और मैं उसकी एक नहीं सुन रहा था। उसकी पुकार में मैं मौर्या की अपने बेटे बार्टली के प्रति पुकार नहीं सुन रहा था। ... मुझे लग रहा था कि सुनीता बार-बार मुझे रोक रही है कि यदि मैं चला गया, सागर ने मुझे भी लील लिया, तो वह मेरी हिरोइन कैसे बनेगी। मैं रुकना नहीं चाहता था। नाटक में तो मुझे रुकना ही नहीं था। ... मैं उसके कंधे पकड़कर उसको समझा रहा था और वह थी कि मुझसे लिपटती ही जा रही थी। मौर्या लिपट सकती थी बार्टली से, वह उसकी माँ थी। ... पर यह सुनीता! मुझे लग रहा था कि वह अभिनय नहीं कर रही थी, अपनी कोई दमित वासना पूरी कर रही थी। न मैं उसमें रस ले पा रहा था, न मैं अपने अभिनय में डूब पा रहा था। ... मन तो हो रहा था कि उसे झटक दूँ; किंतु वह नाटक के दृश्य के अनुकूल नहीं होता। सामने दर्शक बैठे थे। वे क्या सोचते।

मैं उसे बड़ी कोमलता से परे कर, विंग की ओर चला गया, "मैं आ जाऊँगा, माँ।"

मैं मंच से चला आया था और यथासंभव शालीनतापूर्वक, बिना किसी रूक्षता के सुनीता को अपने से दूर कर आया था, जैसे बार्टली अपनी माँ मौर्या को करता।

विंग में से मैं उसके संवाद सुन रहा था। वह रोकर यह घोषणा कर रही थी कि आज रात तक वह एक भी जीवित पुत्र की माँ नहीं रह पाएगी।

उसकी दोनों बेटियाँ ऐसी घोषणा करने के लिए माँ का विरोध कर रही थीं। उसे पुत्र को ऐसे अपशकुन के साथ विदा नहीं करना चाहिए था।

मौर्या तत्काल ही यह कहकर निकल जाती है कि वह बार्टली की यात्रा के शुभ और सफल होने के लिए प्रार्थना करने जा रही है।

ग्राम के लोगों का एक झुंड आ जाता है। वे समुद्र द्वारा बाहर फेंक दिए गए, एक शव के वस्त्र लेकर आए हैं। नोरा तथा कैथलीन पहचान लेती हैं कि वे उनके भाई के ही वस्त्र हैं।

"मैं फिर से मंच पर जा रही हूँ रोने-धोने के लिए।" सुनीता ने मुझसे कहा।

"जाओ।" बनर्जी सर ने उसे धकिया दिया।

मौर्या मंच पर प्रकट होती है। वह रो रही है और कह रही है कि उसने अपनी खुली आँखों से माइकल के प्रेत को बार्टली के पीछे जाते हुए देखा है। वह विलाप आरंभ कर देती है कि समुद्र उनका शत्रु क्यों बन गया है? एक-एक कर उसके घर के सारे पुरुष समुद्र ने निगल लिए हैं।

उसके विलाप का स्वर ऊँचा होता जा रहा था। बनर्जी सर ने मेरी ओर देखा। मैं लेट गया। भीड़ ने मुझे उठा लिया और सब लोग विंग से मंच पर प्रवेश कर गए।

"बार्टली नाव में जाते हुए, अपने घोड़े से समुद्र में गिर गया था; और समुद्र उसे भी निगल गया है।"

मैं जानता था कि उसके पश्चात् का मौर्या का संवाद, आयरिश नाटकों में अत्यंत प्रसिद्ध संवाद माना जाता था; किंतु मेरे आस-पास नौरा और कैथलीन का शोर था। उनका एकमात्र जीवित भाई समुद्र में डूब गया था और उसका शव लाकर उनके सामने रख दिया गया था। वे मेरे आसपास मँडरा रही थीं; और जोर-जोर से रोने का अभिनय कर रही थीं ... किंतु मौर्या तो जैसे फिर से सुनीता बन गई थी। उसके शब्द मौर्या के ही थे; किंतु मुझे क्यों लग रहा था कि वह सुनीता है। उसकी अंगुलियाँ मेरे बालों में फिर रही थीं ..."मेरे बच्चे," ... उसकी हथेलियाँ मेरे माथे से होती हुई मेरे गालों पर आ गई थीं ... "मेरे लाडले, अब मेरे पास और ऐसा कुछ भी नहीं है, जो यह समुद्र मुझसे छीन पाए। ..."

मुझे लग रहा था कि इन शब्दों के साथ मौर्या का हृदय छिला जा रहा था; और सुनीता थी कि मेरे गालों को नोचने पर तुली हुई थी।

मेरा शव बने रहना कठिन हो रहा था। किसी भी क्षण मेरे कंठ से चीख निकल सकती थी। या फिर मेरे हाथ सुनीता को परे धकेल सकते थे ... मैंने बनर्जी सर से कहा था कि ये लोग मुझे गुदगुदी न करें, नहीं तो मैं शव का अभिनय करते हुए भी हँसने लगूँगा; किंतु यह गुदगुदी नहीं थी। मौर्या अपने पुत्र

की मृत्यु पर विलाप कर रही थी; और सुनीता मुझे उकसा रही थी। उसकी फैली हुई तप्त कामुक हथेलियाँ मेरे वक्ष के साथ जैसे घर्षण कर रही थीं ... मौर्या का विलाप चलता रहा ... मेरे प्यारे ... मेरे लाडले ...मेरे जीने का आधार तुम ही थे। अब मैं किसके लिए रोऊँगी और किसके लिए प्रार्थना करूँगी। दक्षिण की ओर से गीली समुद्री हवा आएगी, पूर्व की लहरों का शोर सुना जा सकेगा। पूर्व में भी झाग होगा और पश्चिम में भी। वे एक-दूसरे से टकराएँगे, शोर करेंगे ... तो उन काली रातों में मैं डरकर किसके गले से लगने के लिए दौड़ूँगी ..."

मैं सुन रहा था। मौर्या उन पंक्तियों को नहीं भूल सकती थी; किंतु सुनीता या तो नाटक की पंक्तियाँ भूल गई थी या फिर उन्हें तोड़-मरोड़ रही थी, "किसे गले लगाऊँगी ..." और फिर उसकी हथेलियाँ मेरी कमीज़ के खुले बटनों से भीतर मेरे नग्न वक्ष पर आ गई थीं ... वह मेरे वक्ष को मसल रही थी ... मुझे लग रहा था, मेरा शरीर मृत्यु से नहीं, काम के वेग से अकड़ने लगा था ... वह मौर्या का स्वर नहीं, सुनीता का स्वर था। शायद कामदेव के भस्म होने पर रति ने ऐसे ही विलाप किया होगा। ... उसकी अंगुलियाँ जैसे कुछ खोज रही थीं; और फिर उनकी पकड़ में मेरा स्तनाग्र आ गया था, जिसे वह चिकुटी काट रही थी ... वह मुझ पर गिर ही पड़ती ... मेरे मुख से चीख निकल जाती कि उतने में नोरा ने बेहाल होती हुई मौर्या को सँभालने के लिए मुझसे दूर हटा दिया ...

मैं नहीं जानता कि उसके पश्चात् क्या हुआ। ... नाटक समाप्त हो गया था। लोग सुनीता को उसके अभिनय के लिए बधाई दे रहे थे। वह सचमुच बहुत बेहाल होकर रोई थी। बनर्जी सर को तो भय था कि कहीं उसे किसी प्रकार का दौरा ही न पड़ जाए, अथवा वह अचेत होकर गिर ही न पड़े ... पर मैं ही जानता था कि मैंने शव बने रहने का अभिनय कैसे किया था। ... मेरा शरीर काम से अकड़ रहा था और मेरी आत्मा एक कड़वाहट का अनुभव कर सिकुड़ रही थी। मेरे भीतर एक ओर सुनीता की आकांक्षा अँगड़ाइगाँ ले रही थीं और दूसरी ओर उससे बहुत दूर भाग जाने की इच्छा, समुद्र की लहरों के समान मुझे बहाए लिए जा रही थी। ... सुनीता वह लड़की नहीं थी, जिसे मेरा मन अपनाने के लिए मचलता; किंतु शरीर का क्या है ... वह तो केवल स्पर्श और मांसलता को ही पहचानता है। उसे कोई सौंदर्यबोध नहीं होता ... वह अंतरात्मा को नहीं पहचानता। उसके पास कोई विवेक नहीं होता ...

कॉलेज का वार्षिकोत्सव अभी चल रहा था। दिनभर कुछ न कुछ होता ही रहता था। मेरा अगला सारा दिन बहुत व्यस्त था। किंतु रात को नौ बजे जब कार्यक्रम समाप्त हुआ, तो सुनीता फिर मेरे सामने आ खड़ी हुई थी। अभी-अभी सांस्कृतिक कार्यक्रम समाप्त हुआ था और वह अपना एकल नृत्य प्रस्तुत कर, ढेरों तालियाँ बटोरकर आई थी। सोलहों सिंगार किए हुए। उसने न तो वस्त्र बदले थे और न वे असली-नकली आभूषण ही उतारे थे।

मैं साइकिल-स्टैंड से अपनी साइकिल निकालकर बाहर लाया था और इससे पहले कि कोई मुझे देखता, मैं भाग जाना चाहता था।

पर वह मेरे सामने खड़ी थी।

"कपड़े तो बदल लिए होते।" मैंने कहा, "मेक-अप भी नहीं धोया। अपने साथ स्टेज ही उठा लाई हो।"

"वह सब करती, तो बहुत देर हो जाती।"

"तो क्या हो जाता? धरती फट जाती या आसमान गिर जाता?"

"वह सब नहीं होता।" उसके अधरों पर एक कुटिल मुसकान थी, "किंतु तुम भाग जाते।"

"सुनीता!"

"अच्छा बाबा।" उसने मुझे कुछ शांत करने के लिए कहा, "मैं चाहती थी कि तुम मुझे इस रूप में देखो।"

"देख लिया। अब?"

"अच्छी लग रही हूँ न?"

"हाँ। बहुत अच्छी लग रही हो। मेनका और रंभा को मात कर रही हो।" मैंने कहा, "अब चलो तुम। यहाँ भीड़ इकट्ठी मत करो, गहनों की दुकान! मुझे भी घर पहुँचना है।"

"देखो," उसने मुझे बाँह से पकड़ लिया, "मुझे भी घर जाना है; और इसी रूप में जाना है। मैं चाहती हूँ कि मेरे माता-पिता भी अपनी बेटी के इस रूप को देखें ..."

"तो जाओ न घर, जाती क्यों नहीं? मुझे घेरे क्यों खड़ी हो?"

"मेरे घर का रास्ता तो तुम जानते ही हो। रास्ते में कब्रिस्तान-मैदान भी पड़ता है। रात को इस समय इस रूप में उस मैदान में से अकेली कैसे जाऊँ?"

"पैदल।"

"इतने गहने पहनकर पैदल! कितनी देर लग जाएगी, जानते भी हो।" वह बोली, "मैं चाहती थी कि तुम मुझे अपनी साइकिल पर बैठाकर घर पहुँचा दो। चाहे अपने घर ले चलो, चाहे मेरे घर पहुँचा दो।"

"शूर्पणखा कहीं की।" मैंने मन ही मन कहा, और बोला, "मुझे कॉलेज में रहने दोगी या नहीं?"

"मुझे अपनी साइकिल पर बैठा लोगे, तो लोग तुम्हें कॉलेज से निकाल देंगे, ऐसा कोई नियम है क्या?"

"पूरी संभावना है।"

"जानते भी हो, कितने लोग मुझे अपनी साइकिल पर बैठाकर ले जाने को आतुर हैं।"

मैं सड़क की ओर चल पड़ा था, "तो जाती क्यों नहीं?"

"क्योंकि मैं तुम्होरे साथ जाना चाहती हूँ।" वह बोली "चाहे तुम्हारे साथ पैदल ही चलना पड़े।"

"पैदल चलो। मेरे साथ चलो, पर पैदल चलो।"

हम लोग सड़क का वह छोटा टुकड़ा पार कर गोल चक्कर के नीचे से रीगल ग्राऊँड की ढलान पर चल रहे थे। अब तक उसके और मेरे बीच साइकिल थी। उसने दूसरी ओर से साइकिल का हैंडल पकड़ रखा था। अब वह पीछे से घूमकर मेरे साथ चलने लगी।

"मुझे डर लग रहा है।" उसने कहा, "मैं तुम्हारा हाथ पकड़ लूँ?"

"सच पूछो तो डर मुझे भी लग रहा है।" मैंने कहा, "तुम्हें इसी रूप में घर जाना था, तो अपने घर से किसी को बुला लेना चाहिए था।"

"क्यों?"

"क्योंकि जो गुंडे तुम्हें उठा ले जाने के लिए आएँगे, वे मुझे पीट-पाटकर यहीं कहीं डाल जाएँगे।"

"ओहो-हो।" वह हँसी, "तुम सचमुच डरे हुए हो। ऐसा करो, तुम मेरा हाथ पकड़ लो। या साइकिल मुझे दो, मैं चलाती हूँ, तुम आगे बैठ जाओ। आगे हैंडल, पीछे सीट, दोनों ओर मेरी बाँहें। तुम सुरक्षित रहोगे, मेरी बाँहों में। तुम्हें गिरने नहीं दूँगी। या तुम मुझे ऐसे ही बैठा लो।"

मैं जानता था कि वह यह सब कर सकती थी।

"नहीं। ऐसे ही चलो। बस जल्दी चलो।"

हम कब्रिस्तान-मैदान में से गुज़र रहे थे।

"कितना सुनसान है न। आसपास कोई नहीं है। हमें कोई नहीं देख रहा है।" उसने कहा और मुझसे सट गई, "देखो, आज मैंने तुम्हारे लिए कैसे-कैसे पर्फ्यूम लगा रखे हैं। जरा सूँघो तो।"

मैं जानता था कि वह क्या चाहती है। भय मुझे उससे नहीं था, अपने-आपसे था। नहीं जानता था कि मेरा विवेक कब तक मेरे शरीर को बाँध पाएगा। एक बार मन शिथिल हो गया तो जाने क्या हो। मुझे लग रहा था कि जितना हठ वह कर रही है, उससे अधिक हठी मेरा शरीर हो रहा था। वह तप रहा था। बिना देखे भी मैं जानता था कि मेरे कान पूरी तरह लाल हो रहे थे। यह ताप मुझे पिघला भी सकता था। उसे रोकना मेरे लिए कठिन हो रहा था। ... किंतु मैं जानता था कि यह अनुचित था। ...

"मैंने ऊँची एड़ी के सैंडल पहन रखे हैं।" वह पुन: बोली, "जानते हो न, कि जैसे तुम मुझे दौड़ा रहे हो, उससे मैं गिर भी सकती हूँ।"

"नहीं गिरोगी।" मैं जल्दी से जल्दी उसे उसके घर पहुँचाकर उससे मुक्त होना चाहता था।

"नहीं गिरी तो ठीक।" वह बोली, "किंतु गिर गई तो तुम मुझे उठाकर चल सकोगे? मेरा विचार है, उठा सकोगे। दलमा पर चढ़ते हुए एक बार तुमने कानन को उठा लिया था। वैसे उसका पैर लचका-वचका नहीं था। साली नाटक कर रही थी।" सुनीता मुझ पर लदी जा रही थी।

"अच्छा, सीधी होकर चलो।" मैंने उसे एक प्रकार से झटक दिया।

"एक बार उठाकर तो देखो, ट्रायल के लिए।"

"कब्रिस्तान-मैदान पार हो गया है।" मैंने कहा, "हम तुम्हारे घर के निकट हैं। अब गिरोगी तो तुम्हारे पिताजी उठाने आ जाएँगे।"

"हाय।"

उसकी 'हाय' में सच्ची टीस थी।

मैं उसे घर के सामने छोड़कर भागा था। वह कहती ही रह गई कि मैं उसके माता-पिता से तो मिलता जाऊँ। वे भी देख लें कि कौन जवान ऐसी काली रात में मुझे घर पहुँचाकर गया है।

... किंतु मैं बिलकुल नहीं रुका।

और आज लगभग चालीस वर्ष बाद मैं फिर अपने उसी नगर में था, एक होटल में। मेरा परिवार कब से नगर छोड़ चुका था। मित्र-मंडली भी बिखर चुकी थी, सब अपने-अपने परिवारों में व्यस्त थे। ... तो आज सुनीता क्यों याद आ रही थी? केवल इसलिए कि प्रभाकर ने कह दिया था कि उसने फोन कर पूछा था कि मुझे कहाँ ठहराया जा रहा है। यदि वह आज भी कॉलेज के दिनों के ही समान नटखट और मुँहफट थी, तो क्या पता था कि वह मेरे होटल में ही आ धमके ... यदि आ धमकी तो? आ धमकी तो जाने क्या हो, किंतु मेरा विवेक उसे अपने विचारों में से धक्के मारकर हटाना नहीं चाहता था ... मैं कल्पनाओं का रस ले रहा था। आज मुझे उससे तनिक भी वितृष्णा नहीं थी। आज कॉलेज नहीं था। आसपास लोग भी नहीं थे। मेरी वह अवस्था भी नहीं थी। होटल के कमरे का पूर्ण एकांत था। कहीं ऐसा तो नहीं कि मैं उसे बुलाना ही चाहता था। चाहता था कि वह आए ... थोड़ा रोमांस ... कुछ फ्लर्टेशन ...

प्रात: नौ बजे के करीब प्रभाकर आया।

"तैयार हो?"

"हाँ, बस नाश्ता नहीं किया कि तुम आ जाओ, तो साथ ही नाश्ता कर लें।"

"चलो। डायनिंग हॉल में नाश्ता लगा होगा।"

हम अपनी प्लेटें लेकर कोने की एक मेज़ पर आ बैठे।

"सुनीता को भी बुला लेते, साथ ही नाश्ता हो जाता।"

"इतना समय नहीं है। मैंने सुनीता को फोन कर दिया था कि तुम यहाँ ठहरे हो।" प्रभाकर बोला, "यह भी बता दिया था कि तुम दूसरे सत्र में खाली हो।"

"क्या कहा उसने?" मुझे लगा कि प्रभाकर जान गया है कि मैं रात भर क्या सपने देखता रहा हूँ।

"खाँस रही थी बेचारी।" वह बोला, "बुरी तरह अस्थमा का अटैक हुआ है। आजकल स्वास्थ्य ठीक नहीं रहता उसका। मुझे लगता है कि बाईपास के पश्चात् वह सँभल ही नहीं पाई है।"

मैं प्रभाकर की ओर देखता रह गया।

"पिछले दिनों घर में ही गिर गई थी। शायद पैर में प्लस्तर है; या खुल गया है। कह नहीं सकता। मैं उसे देखने नहीं जा पाया।" प्रभाकर बोला, "वैसे कह रही थी कि यदि तुम आ सको या मैं तुम्हें लेकर आ सकूँ तो उसे

तुमसे मिलकर बहुत प्रसन्ता होगी। उसे लगेगा, आज भी किसी को उसकी चिंता है ... चलोगे?"

"जब वह अस्वस्थ है, तो हाल पूछने जाना तो बनता ही है।"

"ठीक है। हम लंच के बाद निकल चलेंगे।" प्रभाकर बोला, "किंतु कुछ चतुराई करनी होगी, नहीं तो लोग घेर लेंगे। ... वैसे प्रबंधकों का तो विचार है कि तुम्हें दूसरे सत्र का अध्यक्ष बनाकर शाम तक वहीं रोक लिया जाए। उससे सत्र की शोभा बढ़ जाएगी।"

"कल तो वे कह रहे थे कि प्रात: के सत्र के पश्चात् मुझे विश्राम के लिए होटल भेज देंगे।"

"हाँ, कह तो रहे थे। आज कह देंगे कि आप एक दिन विश्राम नहीं करेंगे तो क्या हो जाएगा? दिल्ली जाते हुए विमान में सो जाइएगा।" प्रभाकर हँस रहा था।

"चलो, देखते हैं।" मैंने उठते हुए कहा, "प्रात: का सत्र तो निबटा लें।"

प्रात: का सत्र बहुत सफल रहा था। लोगों ने मेरे व्याख्यान की बहुत प्रशंसा की थी। लंच के समय लग रहा था कि लोगों को लंच से अधिक मुझमें रुचि थी।

"यह क्या," मैंने सुनील से कहा, "पहले खाना तो खा लो।"

"खाना तो प्रतिदिन मिलता है। प्रतिदिन मिलेगा। आप कहाँ मिलेंगे।"

मैं अपनी प्रशंसा के लिए इतना लोलुप कभी नहीं था, जितना आज हो गया था। प्रभाकर मुझे बार-बार भीड़ में से बाहर निकाल रहा था, किंतु भीड़ फिर-फिर घिर आती थी। मैं हटता तो भीड़ छँटती ... मैं हटा ही नहीं। किसी को कोई प्रश्न पूछना था, किसी को हस्ताक्षर चाहिए थे, कोई अपनी पुस्तक भेंट करना चाहता था, कोई मेरे साथ चित्र खिंचवाना चाहता था, कोई शाम की चाय के लिए अपने घर बुलाना चाहता था ... दो सुदर-से नयनों में अश्रु थे, प्रबंधकों ने उनका अनुरोध नहीं माना था और मुझे होटल में ठहरा दिया था। वे तो अपने घर में मेरे लिए एक आरामदेह कमरा तैयार करके आई थीं ...

"ऐसे तुम सुनीता से मिलने नहीं जा सकोगे ..." प्रभाकर मेरे कान में फुसफुसाया।

मैंने उसकी बात को अनसुना कर दिया। जाने क्यों, मुझे उसका हस्तक्षेप अच्छा नहीं लग रहा था। मेरे मन में वह कल वाली ललक अब नहीं थी।

प्रभाकर पीछे हट गया। शायद वह मेरी ओर से पहल की प्रतीक्षा कर रहा था।

सुनील आकर मेरे पीछे खड़ा हो गया, "पंद्रह मिनट में हम दूसरा सत्र आरंभ करने वाले हैं। अध्यक्षता आपकी है। फिर समय नहीं मिलेगा। आप चाहें तो काफी यहीं भिजवा दूँ।"

"भिजवा दो।"

सुनील चला गया और प्रभाकर आकर उसके स्थान पर खड़ा हो गया, "सुहास, सुनीता के तीन फोन आ चुके हैं। वह प्रतीक्षा कर रही है। कह रही है, कभी तो उसे भी अपनी हिरोइन बनने का अवसर दो।"

"इस सत्र के बाद।" मैं उठ गया।

मैं एयरपोर्ट के भीतर जाने लगा, तो प्रभाकर ने धीरे से कहा, "सुनीता बहुत दुखी थी ..."

मैंने उससे हाथ मिलाया और भीतर चला आया। बोर्डिंग पास लिया और सुरक्षा-जाँच के लिए बढ़ गया। छोटे-छोटे हवाई अड्डों पर यह बड़ा सुख है। न भीड़, न पंक्ति में खड़े रहना। सारा काम आराम से और प्यार से हो जाता है। विमान सामने ही खड़ा था। उसमें सीढ़ी भी लग गई थी। मैं टहलता हुआ जाकर विमान में अपने स्थान पर बैठ गया ...

मेरी आँखों के सामने प्रभाकर का चेहरा घूम रहा था ... जाने क्यों लगा कि उसकी आँखें मुझे धिक्कार रही थीं। उन आँखों में शायद सुनीता की आँखें भी समाई हुई थीं। सुनीता के अश्रुओं ने प्रभाकर की आँखों को गीला कर दिया था। ...

मैंने अपनी आँखें बंद कर लीं। मेरे मन की आँखों से प्रभाकर और सुनीता दोनों लुप्त हो चुके थे। और पता नहीं, कहाँ से आकर अज़ीम साहब मेरे सोच-विचार पर, सारी कल्पनाओं और स्मृतियों पर छा गए थे। पिछले दिनों उनका देहांत हो गया था ... पर आज यह क्या था, जैसे वे मेरे साथ की खाली सीट पर आ बैठे हों ...

उन दिनों वे रोम में होने वाली किसी कॉन्फ्रेंस में जाने की तैयारी कर रहे थे। उन्हें वहाँ एक पेपर पढ़ना था। जब दिखते ... "यार वह पेपर लिखना है न," "यार वह पेपर पढ़ना है न।"

मैं उन्हें शुभकामनाएँ देने उनके घर चला गया था।

मैं तो यात्रा से घबरा जाता था, किंतु वे बड़े मस्त लग रहे थे।

"अरे, कॉफ़ी बनाओ भाई।" उन्होंने हाँक लगाकर अपनी पत्नी से कहा। फिर मेरी ओर मुड़े, "मैं दो मिनट में आया।"

वे उठे और कुछ गुनगुनाते हुए अपने कमरे में चले गए।

उनकी पत्नी कॉफ़ी ले आई थी।

"अज़ीम साहब बड़े मस्त दिखाई पड़ रहे हैं।"

"पंद्रह वर्ष पुरानी सखी से मिलने जा रहे हैं न।" वे बोलीं, "हर समय प्रेम-गीत ही गाते दिखाई पड़ते हैं। कुछ गीत इटली के भी गाते हैं।"

मैं चकित दृष्टि से उन्हें देखता रह गया, "मैं तो यही जानता हूँ कि वे किसी कॉन्फ्रेंस में पेपर पढ़ने रोम जा रहे हैं।"

"हाँ, पेपर पढ़ने ही जा रहे हैं।" वे बोलीं, "पंद्रह वर्ष पहले भी गए थे। तब वह उन्हें वहाँ मिली थी। बहुत रोमैंटिक होकर लौटे थे। बड़ी मुश्किल से उसका भूत उतरा था। अब फिर उसका पत्र आया है। वह उनकी प्रतीक्षा करेगी।"

"आपको कोई चिंता नहीं है?"

"चिंता किस बात की?" वे निश्चिंत थीं।

मैंने अज़ीम साहब से इस विषय में कोई चर्चा नहीं की। वह उनका निजी मामला था।

वे कॉन्फ्रेंस से लौटे, तो मैं फिर उनसे मिलने चला गया था। वे काफी बुझे-बुझे-से थे।

"क्या बात है – पेपर जमा नहीं क्या?"

"अरे, ये इंटरनेशनल कॉन्फ्रेंस फ्रॉड होती हैं सब।"

वे उसकी चर्चा भी नहीं करना चाहते थे। मैंने भी अधिक नहीं कुरेदा। जो आदमी वैसे ही दुःखी हो, उसे क्या छेड़ना।

"कोई चित्र-वित्र नहीं खींचे? रोम में तो चारों ओर इतिहास बिखरा पड़ा है।"

"बिखरा होगा साला। उस बूढ़े इतिहास का क्या करना।"

श्रीमती अज़ीम भी आ गईं, "भाई साहब, दुःखी मन एकांत में रोता है, चौराहे पर विलाप नहीं करता।"

अज़ीम ने अपनी पत्नी को तीखी दृष्टि से देखा।

"क्या बात है?" मैंने कुछ संकट उठाकर कहा।

"वह रोमन सुंदरी पंद्रह वर्षों में काफी बुढ़ा गई है।" उनकी मुसकान बहुत कँटीली थी, "जिस सुंदरी का चित्र मन में लेकर गए थे, वहाँ उसकी अम्मा मिली। मन बुझ गया।"

"तुम बकवास मत करो।"

श्रीमती अज़ीम ने अपने पति के क्रोध का तनिक भी बुरा नहीं माना, "मजनूँ भी लैला को पचास वर्ष बाद देखता, तो कोई उसे पत्थर मारता न मारता, वह स्वयं ही अपना सिर पत्थर पर दे मारता।"

विमान में दिल्ली के हवाई अड्डे पर उतरने की घोषणा हो रही थी।

मैं उठने की तैयारी में था।

मेरी आँखों के सामने मोहन राकेश के नाटक 'आषाढ़ का एक दिन' का अंतिम दृश्य स्वत: ही उपस्थित हो गया था ...

मल्लिका कह रही थी, "तुम कह रहे थे कि तुम फिर अथ से आरंभ करना चाहते हो।"

कालिदास ने नि:श्वास छोड़ा और कहा, "मैंने कहा था, मैं अथ से आरंभ करना चाहता हूँ। यह संभवत: इच्छा का समय के साथ द्वंद्व था। परंतु देख रहा हूँ कि समय अधिक शक्तिशाली है, क्योंकि ...

"क्योंकि?" मल्लिका पूछती है।

"क्योंकि वह प्रतीक्षा नहीं करता।"

विमान जमीन पर उतर आया था; और विमान-परिचारिका ने बाहर जाने के लिए द्वार खोल दिया था।

रोज़ सवेरे

वर्मा जी रात को सोने से पहले अपने घर का बाहरी कपाट बंद करने आए, तो उनकी दृष्टि अपने पड़ोसी लाला जी पर पड़ी। वे चौथे तल पर रहते थे और इस समय रात को साढ़े दस बजे नीचे उनके चबूतरे पर बैठे हुए थे। ठंडी हवा खा रहे थे या किसी की प्रतीक्षा कर रहे थे? इस समय तक तो वृद्ध लोगों को वैसे ही नींद आ जाती है ...

"क्या बात है लाला जी? आज अभी नींद नहीं आई?"

लाला जी के मन में आया कि कह दें कि अभी रात का भोजन ही नहीं मिला, तो नींद कहाँ से आएगी? ... किंतु बोले नहीं। घर के सम्मान का मामला था। परदा पड़ा ही रहे, तो अच्छा है। वे स्वयं ही परदा उठा देंगे तो पड़ोसी तो घर के अंतिम छोर तक झाँक आएँगे।

"बच्चों को लेकर बहू किसी के जन्मदिन की पार्टी में गई हुई है।" लाला जी बोले, "चिंता हो रही है। जाने इतनी देर क्यों कर दी? ज़माना अच्छा नहीं है।"

वर्मा जी हँस पड़े, "लाला जी, आपकी बहू को भी तो यह बात मालूम ही होगी।"

"यही तो चिंता है कि कहीं बेचारी किसी संकट में न फँस गई हो।" लाला जी ने हाथ ही जोड़ दिए, "वैसे तो लड़की समझदार है।"

"नहीं, ऐसा क्या है!" वर्मा जी बोले, "अभी तो साढ़े दस ही बजे हैं। दिल्ली शहर तो सारी रात चलता है।"

लाला जी कुछ बोले नहीं। मूल समस्या को छिपाकर इधर-उधर की बातें करने में उनको दक्षता प्राप्त नहीं थी। जानते थे कि बात करेंगे, तो सत्य अपने-आप ही प्रकट हो जाएगा। ढके रखना था, तो मौन ही उनका कवच था।

वर्मा जी समझ गए कि लाला जी अब और बात नहीं करेंगे। वे कपाट बंद कर चले गए।

तब लाला जी का ध्यान इस ओर गया कि वे इतनी रात गए किसी और के बंद द्वार के सामने बैठे हैं। कोई भी देखेगा तो क्या सोचेगा? ... बहू ने उन्हें घर से निकाल दिया है अथवा वे ही अपना घर छोड़कर बाहर निकल आए हैं। ... कोई कुछ भी सूँघना शुरू कर देगा। कौन नहीं जानता कि उनका बेटा यहाँ नहीं रहता; और बहू उनसे प्रसन्न नहीं है।

वे ऊपर जाने के लिए उठ खड़े हुए। ... जाते-जाते भी पीछे मुड़कर देख लिया ... शायद कोई गाड़ी आ रही हो। ... पर वहाँ कोई नहीं था। चारों ओर अँधेरा था। थोड़ी दूर जाकर सड़क मुड़ जाती थी। मोड़ के आगे कुछ दिखाई भी नहीं पड़ता था। ...

वे सीढ़ियाँ चढ़ने लगे। चौथी मंज़िल तक सीढ़ियाँ ही सीढ़ियाँ थीं। आजकल बायाँ घुटना बहुत कष्ट देने लगा था। बड़े भाई के घुटने में कष्ट हुआ था, तो उनके बेटे ने उनका ऑपरेशन करवा दिया था। अब वे ठीक थे। वैसे भी उनके फ्लैटों में लिफ्ट थी। यहाँ लिफ्ट कौन लगवाता? दिल्ली प्राधिकरण वाले पाँचवीं मंज़िल इसीलिए नहीं बनवाते कि लिफ्ट लगवानी पड़ेगी। ... पर लाला जी अपने घुटने की बात किसे कहते? बेटा दुबई में बैठा था। उसे अपनी नौकरी के लाले पड़े थे। बहू को उनको रोटी खिलाना ही भारी लगता था। वह मानती थी कि उन दोनों के खाने के खर्च में ही उसके पति का सारा वेतन समाप्त हो जाता था। ... कई बार पूछ चुकी थी कि वे अपना बोझ स्वयं ही क्यों नहीं उठाते? ... वे उसे बीसियों बार बता चुके थे कि उनके पास कोई जमा-पूँजी नहीं थी। वे ही जानते थे कि उन्होंने बेटे को किन-किन मुश्किलों से गुज़रते हुए पढ़ाया था। और जिस दिन बेटा चार्टर्ड एकाउंटेंट हो गया था, उस दिन ही उन्होंने मान लिया था कि उनके जीवन के सारे कष्ट समाप्त हो गए हैं। उन्होंने माना था कि वे जीवन के पर्वत को चढ़कर उसकी चोटी तक आ गए हैं। ... किंतु वे क्या जानते थे कि बहू नाम की एक प्राणी भी परिवार में आने वाली थी, जो उनके बेटे की सारी कमाई पर नागिन बनकर बैठ जाएगी। वह उस पर उनका तनिक भी अधिकार नहीं मानती। उलटे उनसे पूछती है कि सारा जीवन उन्होंने अपने रहने के लिए एक मकान तक क्यों नहीं बनवाया, जिसे बेचकर वह दिल्ली में एक बड़ा मकान खरीद सकती। उन्होंने अपने बुढ़ापे के खर्च के लिए पैसे क्यों

नहीं बचाए? संसार के सारे ससुर और दादा, अपनी बहुओं और पोते-पोतियों को विदेश घुमाने-फिराने ले जाते हैं, उन्हें अच्छे-अच्छे होटलों में खिलाते-पिलाते हैं, उन्हें भेंट-उपहार देते हैं; किंतु लालाजी क्या करते हैं? उन्हें तनिक भी लाज नहीं आती? ... बाज़ार से एक दर्जन अंडे लाने को कहो, तो पल्ला झाड़ देते हैं, "मेरे पास पैसे नहीं हैं।"

और लाला जी हैरान होते रहते हैं कि वह ऐसी बातें क्यों कहती है? वह विवाह से पहले भी उनकी आर्थिक स्थिति से परिचित थी। वह जानती थी कि उनका बेटा ही उनकी जमा-पूँजी था। वही उनकी पेंशन था, वही प्रॉविडेंट फंड, वही उनका जीवन बीमा था। ... तब तो वह इस घर में आने को इतनी उतावली थी कि अपना घर छोड़कर भाग आई ... और अब उनसे प्रतिदिन पूछती है, कि जब उनकी आर्थिक स्थिति इतनी ही दरिद्र थी तो बेटे का विवाह ही क्यों किया। ... लाला जी उसकी किस बात का उत्तर देते, न वे उसके समान कड़वा बोल सकते थे, न गालियाँ दे सकते थे, न घर से निकालने की धमकियाँ दे सकते थे ... वे अपने पुत्र के दांपत्य जीवन को नष्ट तो नहीं कर सकते थे। वैसे भी वह उनके पोते और पोती की माँ थी। कौन पिता चाहेगा कि उसका पुत्र अपनी पत्नी से वंचित हो जाए और कौन दादा चाहेगा कि उसके पोते-पातियाँ बिना माँ के पलें-बढ़ें ...

पिछली बार बेटा दीपावली पर घर आया था, तो पति-पत्नी में आधी रात को कहा-सुनी ही नहीं, हाथापाई भी हो गई थी।

बहू का सारे मुहल्ले को दहलाता-सा स्वर गूँजा था, "मैं यहाँ तुम्हारे माँ-बाप की सेवा-टहल करने वाली दासी हूँ, तुम्हारे बच्चों को पालने वाली धायी हूँ; और तुम वहाँ बगदाद की सुंदरियों के साथ रंगरलियाँ करने वाले शेख हो।"

बहू ने बेटे पर कई प्रकार से आरोप लगाए कि उसके दुबई में अन्य स्त्रियों से संबंध हैं। हो सकता है कि वह किसी और स्त्री के साथ रह रहा हो ... या कॉलगर्ल्स के साथ ऐश कर रहा हो। ... बहू ने उसे ढेर सारी गालियाँ दी थीं और अंत में झगड़े का पटाक्षेप करने के लिए, उस पर चप्पल दे मारी थी। किंतु पटाक्षेप हुआ नहीं ... बेटे ने आत्मरक्षा में उसका हाथ पकड़ा, तो बहू ने टेलिफोन उठा लिया। वह अभी पुलिस को बुला लेगी। वे सब मिलकर उसे पीट रहे हैं। उसकी हत्या भी कर सकते हैं। ... यदि पुलिस कुछ नहीं करेगी, तो वह आत्महत्या कर लेगी और लिखकर छोड़ जाएगी कि वह अपने सास-ससुर के दुर्व्यवहार से तंग आकर अपने प्राण दे रही है। ...

उन दोनों के झगड़े में 'पासपोर्ट' शब्द भी बार-बार आ रहा था। ... कान लगाकर सुनने से लाला जी को पता चला कि बहू ने बेटे का पासपोर्ट कहीं छुपा दिया था। अब बेटा दुबई कैसे जाएगा? यहीं रहेगा और प्रतिदिन उसकी चप्पलें खाएगा।

लाला जी जानते थे कि बहू द्वारा दी गई पुलिस की धमकियाँ व्यर्थ नहीं थीं। वह यह सब करने में सक्षम थी ... और पुलिस तक जाने का अर्थ तो वे समझते ही थे। बेटा भी यह सब समझता था।

"तुम इसे अपने साथ ही दुबई क्यों नहीं ले जाते?" लाला जी ने प्रात: पूछा था।

"वह वहाँ नहीं रहना चाहती।"

"तुम्हारे साथ नहीं रहना चाहती?"

"पता नहीं, क्या चाहती है? कहती है, दुबई की नौकरी छोड़कर दिल्ली आ जाओ।" वह बोला, "मुझसे अलग नहीं रहना चाहती; दिल्ली में मेरे साथ रहना चाहती है। दिल्ली और मुझमें से किसी एक को चुनना हो, तो वह दिल्ली को चुनेगी।"

"क्यों?"

"यह उसका देश है। उसके बच्चों की पढ़ाई यहाँ हो रही है। दुबई के स्कूल में भेजकर उसे अपने बच्चों को कुरान नहीं पढ़वानी है। फिर उसकी सखी-सहेलियाँ यहाँ हैं, रिश्तेदार और संबंधी यहाँ हैं। यहाँ का मौसम अच्छा है। दुबई में क्या रखा है?"

"तो छोड़ आओ न दुबई। जब वहाँ कुछ है ही नहीं, तो वहाँ क्यों टँगे बैठे हो?"

बेटे ने आँखें फाड़कर उन्हें देखा, "आप नहीं जानते कि घर का कितना खर्च है? एक लाख रुपया महीना तो यह अपने हाथ से खर्च कर देती है। और दे सकूँ, तो वह और खर्च करेगी। एक दिन में एक लाख रुपया खर्च कर सकती है यह। अभी नई गाड़ी खरीदी है – हीरो होंडा। गुड़गाँव का मकान है – सब-कुछ लोन पर ही तो है। उनकी किस्तें चुकानी हैं। दुबई की नौकरी छोड़ी, तो किस्तें कौन चुकाएगा? सारा ऋण अपनी कंपनी से ही तो लिया है। किस्तें चुकाने में चूक हुई, तो जेल जाना पड़ेगा। वह भारत नहीं है कि ऋण लो और इधर-उधर हो जाओ। वसूली के मामले में वे लोग बहुत कठोर हैं।"

लाला जी उसे आश्चर्य से देखते रह गए थे। अपने जिस बेटे को वे धन्ना सेठ समझते थे, वह तो एकदम कँगला निकला। कंठ तक ऋण में डूबा हुआ। किस्त नहीं चुका पाएगा, तो जेल जाएगा। लाला जी आजीवन निर्धन ही रहे; किंतु उनकी स्थिति ऐसी तो नहीं थी ...

अगले दिन प्रात: बेटा किसी समाधान के बिना ही पत्नी द्वारा जब्त किया गया अपना पासपोर्ट छीनकर दुबई लौट गया था। जाते-जाते पत्नी से कह गया, "दुबई आना हो तो बता देना, टिकट भेज दूँगा। जैसी भी चुड़ैल हो, किंतु मेरे बच्चों की माँ हो। दंगा-फसाद मुझे पसंद नहीं है। मैं तुम्हें कष्ट नहीं होने दूँगा। यहाँ कोई पुरुष पसंद आ गया हो, तो बता देना। किसी और के साथ रहना चाहो तो चली जाना; किंतु भविष्य में मुझ पर कभी कोई आरोप मत लगाना।"

"मुझे दुबई बुला रहे हो?"

"हाँ।"

"और अपनी अरबी रखैल को बाथरूम में छिपा दोगे; या किसी और को दान कर दोगे?"

"उसे अपने माता-पिता की सेवा के लिए यहाँ भेज दूँगा। तुम्हारी गालियाँ खाने से बच जाएँगे और पच्चीस हजार में चैन से रह सकेंगे। बेचारों का कष्ट कुछ तो कम होगा। उनको भी तो इस बुढ़ापे में कुछ चैन मिलना चाहिए।"

एक तल की सीढ़ियाँ चढ़ते-चढ़ते लाला जी अपने घुटने का दर्द भूल गए। उन्हें स्मरण हो आया कि उन्हें भूख लगी है। वे दोनों पति-पत्नी अब तक भूखे बैठे हैं कि बहू और बच्चे लौटेंगे तो निर्णय होगा कि रात के भोजन का क्या करना है। किसे मुर्गा खाना है और किसे गालियाँ ...

साढ़े नौ बज गए थे और बहू का फोन भी नहीं आया था।

लाला जी ने कुछ साहस कर कहा था, "भागो, कुछ बना लो। बच्चे आएँगे तो क्या खाएँगे?"

"कुछ नहीं बनाया, तो वे अपने भाग्य का खाएँगे।" भाग्यवती ने कहा, "यदि बना लिया, तो बहू मेरा कलेजा खा जाएगी, 'किससे पूछकर बनाया? अपने बाप का घर समझ रखा है? घर को ऐसे फूँक दोगी, तो रहोगी कहाँ?' कौन उत्तर देगा उसकी इन गालियों का? उससे तो अच्छा है कि आदमी भूखा ही सो रहे।"

लाला जी के मन में आया कि पूछें कि भूखे नींद किसे आएगी? किंतु बोले, "हम तो भूखे सो रहेंगे, पर बच्चों का क्या होगा?"

"बच्चों की माँ वह है, आप नहीं। आप समझते हैं कि वह बच्चों को भूखा सोने देगी?"

"वह कुछ भी कर सकती है।" लाला जी बोले, "तुमने देखा नहीं, अपने ही बच्चों को मारने पर आती है तो कितना मारती है। छड़ी टूट जाए, उसकी अपनी बाँहें टूट जाएँ; किंतु वह मारना बंद नहीं करती। दौरे पड़ते हैं उसे। वह कुछ भी कर सकती है। मैं तो बच्चों के प्राणों के लिए डरता रहता हूँ ..."

पर भाग्यवती का साहस नहीं हुआ कि वह रसोई की ओर पैर बढ़ाए ...

लाला जी जानते थे कि ये प्रतिदिन के संवाद थे। ... और बहू के उस चंडी रूप का सामना उन दोनों में से कोई नहीं कर सकता था।

बच्चों के खाने का तो बहाना ही था। लाला जी को स्वयं भूख लगी थी और वे जानते थे कि भाग्यवती भी भूखी है। वे फ्रिज को कई बार अच्छी तरह टटोल चुके थे। उसमें ऐसा कुछ नहीं था, जो वे दोनों खा लेते और बहू उन्हें ही न खा जाती। किंतु फिर भी पेट की भूख से बाध्य होकर लाला जी ने कई बार भाग्यवती से कहा कि रसोई में देखे कि कुछ ऐसा है या नहीं, जो निरापद रूप से खाया जा सके। नहीं तो कुछ तो बना ही ले। अपने लिए न सही, बच्चों के लिए। ...

"लौटते हुए बहू बाहर से ही कुछ लेती आएगी। कई बार ऐसा भी तो होता है कि या तो वह कुछ ले आती है या घर आकर फोन कर होटल से मँगा लेती है। उस देवी के हजार हाथ हैं।" भाग्यवती ने कहा, "ऐसे में मैंने कुछ बना लिया, तो कटोरी भर आटे के लिए पीपा भर गालियाँ सुननी पड़ेंगी। ..."

"हाँ, चिकन आफगानी और रोग़न जोश लाएगी। तुमसे उन्हें गर्म करवाकर खाएगी और बची हुई हड्डियाँ तुम्हें दे देगी। अपने पोपले मुँह से उन्हें चूसती रहना।"

"उन्हें क्यों चूसूँगी।" भागो बोली, "उनमें पानी डालकर अच्छी तरह उबाल लूँगी और फिर स्वाद से उसमें डबलरोटी डुबो-डुबोकर खाऊँगी।"

"मैं तो तंग आ गया हूँ।" लाला जी का मुँह कड़वा हो गया था, "इस बार बेटा आएगा, तो साफ-साफ कह दूँगा कि हमारे लिए कोई और प्रबंध कर दे। अब इस प्रकार बहू के बंधुआ बनकर रहना संभव नहीं है। किसने सोचा था कि जीवन की यह अंतिम वेला इस प्रकार के अपमानजनक कारागार के रूप में कटेगी।"

"बेटा तुम्हारे लिए अलग से कुछ कर देगा, तो यह उसके सिर पर एक भी बाल नहीं रहने देगी।" भाग्यवती ने कहा, "जाने उसके साथ क्या करे और क्या करे हमारे साथ।"

"कल जब वह मुझे डाँट रही थी, तो पोती ने स्वयं मुझसे कहा था, 'इससे तो कहीं अच्छा है कि दादाजी, आप लोग किसी आश्रम में चले जाएँ। न हो तो बूआ के पास ही चले जाएँ। फूफा जी की दो-चार बातें सुननी पड़ेंगी, किंतु इससे तो अच्छे ही रहेंगे। पापा आप लोगों को वहाँ कुछ पैसे भेज दिया करेंगे। आपके दिन इससे तो अच्छे ही कटेंगे।"

"पोती ने ठीक ही कहा है; किंतु जब जाना चाहेंगे, तो जाने देगी? पोते को भेज देगी, दादाजी को मना लाओ। वह हाथ पकड़कर घसीटेगा। एड़ियाँ रगड़ेगा। आँसू बहाएगा। और फिर यह मुहल्ले भर को सुनाने के लिए गली में ही चिल्लाएगी – बच्चों से जरा-सा भी नेह-छोह नहीं है आपको! उनको रोते हुए छोड़ जाएँगे? एक तो बच्चों का बाप यहाँ नहीं है। किसके भरोसे छोड़कर गया है वह इनको। अपनी बेटी बहुत प्यारी है आपको? मैं कुछ नहीं होती आपकी? बच्चे कुछ नहीं होते?"

"और आप चुपचाप लौट आएँगे।"

"तो और क्या कर सकता हूँ?"

"उसकी बातों का उत्तर नहीं दे सकते? मर्द जात हैं।"

"तुम दे सकती हो, तो तुम ही साहस दिखाओ। मर्द बन जाओ।" लाला जी बोले, "आगे-आगे चल पड़ना, मैं तुम्हें मना लाने के बहाने तुम्हारे पीछे-पीछे चला आऊँगा।"

"इस बार कोशिश करूँगी।"

"क्या कोशिश करोगी?" लाला जी कुछ रोष में बोले, "उसकी नौकरानी तक तो तुमसे बर्तन मँजवाती है। उसे कभी कह सकी हो कि घर की मालकिन हो तुम, उसके बाप की नौकर नहीं।"

"वह नौकरानी नहीं है, आपकी बहू की प्रतिनिधि है। उसे कुछ कहने का अर्थ है, बहू को कह देना। लाट साहब का चपरासी भी लाट साहब ही होता है।" भाग्यवती ने कहा, "मैंने स्वयं सुना है, बहू उससे कह रही थी, 'तू बुढ़िया से काम क्यों नहीं करवाती? दिनभर खाट पर पड़ी रोटियाँ भकोसती रहती है।' 'मैं क्या कह सकती हूँ। घर की नौकरानी हूँ और वे आपकी सास हैं।' 'कहा कर, मेरे हाथ

में दर्द है, आटा गूँध दो। मुझे और काम हैं, सब्जी काट दो। ... और तुझे किसने कहा है कि तू उन दोनों बूढ़ों के कपड़े धोया कर। ...'"

"पर कपड़े तो मशीन में धुलते हैं।" लाला जी ने कुछ चकित होकर कहा।

"बहू ने मना कर दिया है। नौकरानी को आदेश है कि न वह हमारे कपड़े मशीन में डाले, न हमारे फुल्के बनाए, न हमारे जूठे बरतन धोए, न हमारे कमरे का झाड़ू-पोचा करे। ..." भाग्यवती ने उनकी ओर देखा, "आप नहीं देखते, वह घर भर के फुल्के बनाकर यह कहकर परे हट जाती है, कि अपनी और उस कुत्ते बाघू की रोटी बना लो।"

"पर बाघू को तो उसी ने पाला है।"

"पाला होगा, पर अब तो हमारी ही जिम्मेदारी है।" भागो ने कहा।

"अर्थात् हम परिवार के सदस्य नहीं हैं।"

"नहीं, हैं तो हम परिवार के सदस्य ही; किंतु हमारा स्थान नौकरों के बाद आता है। कुत्ते के साथ। घर के लोग खाना खा लें, फिर नौकर खा लें और तब कुछ बचे तो हम भी खा सकते हैं।" भाग्यवती ने कहा, "मैं पोती की बात सोच रही हूँ। यदि हम कहीं और रह लें और बेटा हमें कुछ पैसे भेज दिया करे ..."

"भेजता तो वह यहाँ भी है, पर यह मेरी जेब में कुछ टिकने दे तब न ..." लाला जी बोले, "कभी कहेगी, दूध ले आओ, कभी अंडे-ब्रेड, कभी गैस के पैसे दो, कभी सब्जी के। मैं कब तक कहता रहूँ कि मेरे पास पैसे नहीं हैं। झक मारकर देने ही पड़ते हैं। ..."

वे लोग बातें करते रहे थे, सोचते रहे थे, टटोलते रहे थे, किंतु खाने को कुछ था नहीं। बहुत देर में भाग्यवती के हाथ दो दिन पुरानी डबलरोटी के चार टुकड़े लगे।

"इन्हें खा लें?"

"उसे पता नहीं चलेगा?"

"वह इसे भूल भी चुकी होगी। वैसे उसकी नौकरानी भी इन्हें नहीं खाएगी। हाथ लग गई तो उठाकर बाहर फेंक देगी, कुत्तों के खाने के लिए।"

"तो चलो, खा लेते हैं। पूछेगी तो कह देंगे कि हमें नहीं मालूम। नौकरानी ने खा लिए होंगे या बाघू को डाल दिए होंगे।"

"कुछ कहने की आवश्यकता नहीं है।" भाग्यवती ने कहा, "बस एक ही रट पकड़ लेना, हमें मालूम नहीं है। हम तो भूखे सोए थे।"

"पर खाएँ कैसे?"

"एक कप चाय बना लेती हूँ, भिगोकर खा लेंगे। उसको क्या पता लगेगा। दिन भर तो घर में किसी न किसी के लिए चाय बनती ही रहती है।"

रात को ग्यारह के बाद ही बहू और बच्चे आए और सीधे अपने कमरे में चले गए। स्पष्ट था कि वे लोग खाना खाकर आए थे। ... नौकरानी भी उनके साथ ही गई थी। वह भी खाकर ही आई होगी। वह भी सोने चली गई थी।

भाग्यवती ने डरते-डरते पूछ ही लिया, "बहू, खाना?"

"हमें भूख नहीं है।" उसने सिंह-दृष्टि से अपनी सास की ओर देखा, "और तुम्हारे मनहूस हाथों का कुछ खाना भी नहीं है।"

भाग्यवती का साहस ही नहीं हुआ कि पूछे कि हम? हम क्या खाएँ?

लाला जी की नींद उचट गई थी।

घड़ी नहीं देखी; किंतु समझ गए कि चार तो बज ही रहे होंगे। अब इस अवस्था में घड़ी नहीं, अपनी नींद ही बता देती है कि कितने बजे होंगे। पहली बार नींद ने दम तोड़ा था, तो अनुमानत: ढाई बजे होंगे। फिर से सोने का प्रयत्न करते रहे थे। आधी रात को उठकर करना भी क्या था? यदि बिस्तर छोड़ देते, तो कुछ न कुछ तो करते ही। कोई गतिविधि होती, कोई ध्वनि होती, किसी प्रकार की खट-पट होती, तो बहू की डाँट सुननी पड़ जाती। तनिक-सी आहट से महारानी की नींद खराब हो जाया करती है और फिर वह दूसरों का जीना हराम कर देती है। बिना किसी का नाम लिए कहती है ... "हरामियों को नींद भी नहीं आती। मेरा तो पति नहीं है साथ में, पर ये दोनों तो इकट्ठे हैं। शरीर में कुछ गरमी तो होगी ही।"

अब उठें। मोटर चलाएँ। ऊपर की टंकी में पानी भरना है। देर कर दी, तो पड़ोसियों की मोटरें चलने लगेंगी और फिर पानी मिलना कठिन हो जाएगा। कुत्ते को घुमाने भी तो ले जाना है। मुँह अँधेरे घुमा लाएँगे तो ठीक, नहीं तो उजाला हो जाएगा, लोग घरों से निकल पड़ेंगे। सब देखेंगे और सावधान हो जाएँगे कि कहीं लाला जी उनके घर के सामने तो कुत्ते को नहीं बैठा रहे। पड़ोसी के घर की चिंता कोई नहीं करता; किंतु अपने घर की चिंता सबको है। लाला जी वैसे भी भीरु व्यक्ति हैं। बात तो बात, लोगों की तीखी दृष्टि भी सहन नहीं कर पाते। कौन अपने ही मुहल्ले में लोगों से कहा-सुनी करे? ...

फिर बहू को जगाना भी तो होगा। नहीं तो उसका क्या है, रात को देर से सोई है, प्रात: आठ बजे तक पड़ी सोती रहेगी। नौकरानी तो उसकी छाया है। बहू को सोई पड़ी देख वह भी मचल मारे पड़ी रहेगी। बच्चों को कौन उठाएगा? कौन तैयार करेगा? लड़की तो फिर कैसे भी तैयार हो जाएगी, छोटा बेचारा तैयार हो नहीं पाएगा, और माँ के हाथों पिटेगा। ...

लाला जी को बड़ी दया आती है। उस अबोध बालक को यह ऐसे डाँटती और फिर मारती है, जैसे उसकी माँ न हो, जेल की वार्डन हो। किंतु न तो कोई उसकी जीभ को पकड़ सकता है, न उसके हाथ को। ... दोष उसका अपना होता है और मार पड़ती है, छोटे-से बच्चे को। अपनी नींद तो बहू से छूटती नहीं और चाहती है कि बच्चा एक आवाज पर बिस्तर छोड़ दे; आधे घंटे में निबटकर नहा-धो ले, खा-पी ले और स्कूल चला जाए। ... नहीं तो माँ के हाथों पिटे। मारती है, तो न यह देखती है कि हाथ जोर से पड़ जाएगा, न यह देखती है कि वह जूता जो उसने फेंककर मारा है, वह उसे कहाँ लगेगा ...

पर वे यह सब क्यों सोच रहे हैं?

सोचें नहीं तो क्या करें? घर को तो रोज़ के ढर्रे पर चलना है। और वह न पानी के बिना चलेगा, न कुत्ते को घुमाए बिना चलेगा ... कहीं उसने घर में ही कुछ कर दिया, तो सारी गालियाँ उनको ही पड़ेंगी। तब उनकी कौन सुनेगा कि उन्हें रात को भोजन नहीं मिला था अथवा उन्हें भूखे पेट नींद नहीं आई थी। ... बच्चों को भी जगाना ही पड़ेगा। ... न जगाया तो उन्हें देर हो जाएगी ...

लाला जी ने नीचे से उनके कमरे की ओर मुँह उठाकर आवाज़ दी, "बिट्टू, उठ जा बेटे। रिक्शे वाला आता ही होगा। ..."

"जाने क्या रोग है इस बुड्ढे को। सुबह होते ही चिल्लाने लगता है, जैसे मुर्गा बाँग देता है।" बहू की विषभरी आवाज़ आई।

"बहू, बच्चों को देर हो जाएगी।" भाग्यवती ने पति को बचाने के लिए साहस किया।

"तुमने ठेका ले रखा है, बच्चों को छुट्टी के दिन भी स्कूल भेजने का? स्कूल वाले कोई कमीशन देते हैं क्या?"

"हमें पता नहीं था बेटी, कि बच्चों की आज छुट्टी है। तुमने कोई चर्चा तो की नहीं।"

"पता नहीं था तो पूछ लिया होता।" बहू का तीखा स्वर भाग्यवती का कलेजा चीर गया, "कुत्ते को जगाना तो याद नहीं रहता, बच्चों की नींद खराब करने के लिए पेट में मरोड़ उठते रहते हैं। भगवान भी सो गया लगता है, इन्हें उठाता तक नहीं। ..."

लाला जी ने भाग्यवती का हाथ पकड़ा और उसे कमरे में ले गए, "चुप कर। सुबह-सवेरे गालियाँ सुनने का शौक है क्या?"

"हमारी सुबह तो ऐसे ही होती है। यहाँ कब भगवान के भजन से नींद टूटती है ..." भाग्यवती का स्वर पर्याप्त शांत था।

नाश्ते का साथी

मैं नाश्ते के लिए कुछ जल्दी ही आ गई थी।

पूरे डायनिंग हॉल में मेरे अतिरिक्त कोई था, तो वे होटल के कर्मचारी ही थे। मुझे एक ओर संकोच हो रहा था कि वे समझेंगे कि कैसी भुक्खड़ हूँ मैं। रात भर जैसे नींद न आई हो; नाश्ते के ही सपने देखती रही हूँ। सात बजते ही भागी चली आई कि कहीं नाश्ता समाप्त ही न हो जाए। बड़े होटलों में कमरे के साथ नाश्ता नि:शुल्क होता है। इसलिए लोग खाते भी अधिक हैं। ... दूसरी ओर सुविधा यह थी कि और कोई तो था नहीं, सारे बैरे मेरी ही सेवा में लगे हुए थे। फिर भी तीन बार चाय माँगने पर भी अभी तक चाय नहीं आई थी। शायद उन्होंने चाय की अभी तैयारी ही नहीं की थी। कुछ लोग आ जाते तो वे चाय की केतली चढ़ाते।

किसी नए व्यक्ति के कमरे में प्रवेश करने की आहट हुई। मैंने मुड़कर देखा : कोई चाय लेकर आया हो शायद। ... नहीं। ये तो डॉ. कृष्णप्रिय थे, वरिष्ठ साहित्यकार। इस संगोष्ठी के लिए दिल्ली से आए थे। आज संध्या-समय उनका एक पूरा सत्र था एकल।

बहुत लिखा था उन्होंने। मैं कबसे उनका साहित्य पढ़ती रही हूँ। पिछली आधी शताब्दी से धुँआँधार लिखते ही आ रहे थे। वर्ष में उनका एक-आध उपन्यास तो अवश्य ही आ जाता था। कभी-कभी दो भी हो जाते थे। कुछ लोग हिंदी साहित्य के पिछले तीस-पैंतीस वर्षों का समय उन्हीं के नाम कर देना चाहते थे।

मन हुआ कि नमस्कार करूँ।

मैं कुरसी से उठ खड़ी हुई।

"नमस्ते।" उन्होंने मेरे अभिवादन का उत्तर दिया, "कुछ लेकर आता हूँ।"

वे तो ऐसे बोले थे, जैसे मुझे बहुत समय से जानते हों। हो सकता है कि किसी और के भ्रम में वह सब कह गए हों।

वे उन मेज़ों की ओर बढ़ गए थे, जहाँ खाद्य पदार्थ सजाए गए थे।

मैं अपना टोस्ट कुतरती रही। चाय अभी तक आई नहीं थी, इसलिए टोस्ट का भी स्वाद नहीं आ रहा था।

वे जल्दी ही लौट आए और मेरी ही मेज़ पर आ बैठे।

"बैठ सकता हूँ?"

"मेरा सौभाग्य। मैंने तो कल्पना भी नहीं की थी कि आप मेरे साथ बैठकर नाश्ता करेंगे।"

"सौभाग्य तो इस होटल का नाम है।"

मैं चौंकी : होटल का नाम तो 'फॉर्चून' था। ओह! वे उसका हिंदी में अनुवाद कर रहे थे। ... पता नहीं क्यों, होटल वालों ने नाम हिंदी में नहीं रखा। अंग्रेज़ी के दास। अपनी भाषा को एकदम ही भूल गए हैं। डॉ. कृष्णप्रिय उसका हिंदी में नामकरण कर रहे थे। होटल में कोई उसे स्वीकार नहीं करेगा, किंतु उनके लिए उसका नाम 'सौभाग्य' ही था।

"जी।" मैंने कहा, "कितना अच्छा होता, यदि इसका नाम 'सौभाग्य' ही होता। वह हमारी मातृभाषा का भी सौभाग्य होता।"

"इतना क्या कम है कि होटल के कर्मचारी आपको गुड मॉर्निंग नहीं कहते। वे नमस्ते कहते हैं। वैसे होटलों और विमानों में बैठकर लगता ही नहीं कि हम भारत में हैं।"

मैंने उनकी प्लेट देखी। वे कुछ कटा हुआ फल ही लाए थे ... पपीता, अनानास, सेब, तरबूज ...

"आप केवल फल खाएँगे?"

"नहीं। यह तो श्रीगणेशाय नम: है।" उन्होंने हाथ के संकेत से एक बैरे को बुलाया, "मुझे दो टोस्ट और दो फ्राइड अंडे ला दो। दोनों ओर से मत सेंक देना। डबल फ्राई मत करना।"

"तो?"

"सनी साइड अप।"

बैरा चला गया तो वे मेरी ओर मुड़े, "आपने अपना परिचय नहीं दिया। ..."

"मैं ..."

"नहीं। आपका दोष नहीं है। मैंने ही पूछा नहीं।"

"जी। मेरा नाम डॉ. इंदिरा है। ..."

"नाम तो आपका इंदिरा ही है। डॉक्टर तो विश्वविद्यालय द्वारा आपको दी गई उपाधि है।"

"जी। आप ठीक कह रहे हैं।"

"आप अपने नाम के साथ कोई कुलवाचक नाम नहीं लगातीं?"

"विवाह के पहले कुलवाचक नाम ... अपने पिता का सरनेम लगाती थी।"

"फिर?"

"विवाह के पश्चात् पति का सरनेम लगाया; किंतु उनसे अलग होने के पश्चात् वह सरनेम मेरे लिए निरर्थक हो गया।"

"तो अब आप अकेली हैं? पति से पृथक् हो गई हैं?"

मैं स्तब्ध-सी उनको देखती रह गई। इस व्यक्ति ने किस कौशल से मेरे विषय में सब-कुछ पूछ लिया। जान लिया। बिना किसी प्रकार का कोई सीधा प्रश्न किए। इस आदमी से कुछ भी छिपाया नहीं जा सकता था। वह शायद सामने बैठे व्यक्ति के मन में झाँक लेता है।

"मैं इंदौर से आई हूँ।" मैं उनकी चर्चा को टालकर बातचीत को दूसरी ओर ले गई, "व्यवसाय से एक मेडिकल कॉलेज में न्यूरोलॉजी की अध्यापिका हूँ। साहित्य से भी कुछ लगाव है। इसलिए यहाँ, इस गोष्ठी में भी चली आई।"

"क्यों लगाव है?"

"नहीं जानती। वैसे मुझे पर्वतारोहण का भी शौक है।"

"इसीलिए आई हैं आप। साहित्य में हस्तक्षेप करना भी तो पर्वत पर चढ़ने जैसा ही है। साहित्यारोहण और पर्वतारोहण बहुत भिन्न नहीं हैं।"

मैं हँस पड़ी, "आप बहुत रोचक बातें करते हैं। कभी दार्शनिक जैसी, कभी ज्योतिषी जैसी।"

"आपको रोचक लगीं। आश्चर्य है। मैं तो बहुत कड़वा बोलने के लिए विख्यात हूँ। ..." वे रुके, "देखा आपने। मैं स्वयं को बदनाम नहीं कहता, विख्यात कहता हूँ। वैसे हूँ मैं बदनाम ही।"

"बदनाम की तुलना में विख्यात अधिक उपयुक्त शब्द है।"

उनके लिए टोस्ट आ गए थे।

"टोस्ट ढंग से सिंके नहीं हैं और यह अंडों का क्या् कर दिया तुमने?" उन्होंने बैरे की ओर देखा, "इसे सनी साइड अप कहते हैं?"

"हमारा टोस्टर इससे अधिक नहीं सेंकता। अधिक प्रयत्न करने पर टोस्ट जल जाते हैं। और आप यह जो अंग्रेज़ी में कहते हैं, वह मेरी समझ में नहीं आता।"

"ईश्वर की बड़ी अनुकंपा है कि इस देश में अभी कोई यह कहने का साहस भी करता है कि उसे अंग्रेज़ी समझ में नहीं आती।"

"जी।"

"कुछ नहीं। तुम जाओ।"

"टोस्ट तो फिर से सिंकवा लीजिए।" मैंने कहा।

"नहीं। ठीक है। जला लाएगा और कहेगा, कि उसने पहले ही चेतावनी दे दी थी। जले से तो कच्चा ही अच्छा।"

मैं उनके वाक्य को एक सूत्र के रूप में देख रही थी : जले से तो कच्चा ही अच्छा। अर्थात् परित्यक्ता से तो कुँवारी ही भली।

बैरा चला गया।

"तो आपने बताया कि आप न्यूरोलॉजी की अध्यापिका हैं।" वे बोले।

अब तक उन्होंने अंडा उठाकर टोस्ट पर रख लिया था और छुरी-काँटे से बड़े सधे हुए ढंग से उसे खा रहे थे, जैसे घर पर भी छुरी-काँटे से ही खाते रहे हों।

"जी।" मैंने उनकी ओर देखा।

"आपके विषय का संबंध स्मरण-शक्ति से भी है न?"

"जी। है तो।"

"एक समय था, जब मेरी स्मरण-शक्ति ऐसी थी कि मैं अध्याय के अध्याय रट जाता था। लंबी-लंबी कविताएँ मुझे स्मरण रहती थीं।" वे बोले, "किंतु पिछले कुछ वर्षों से मेरी स्मरण-शक्ति, विस्मरण-शक्ति में बदलती जा रही है।"

"आपको ऐसा क्यों लगता है?"

"तब मैं कॉलेज में पढ़ाता था। सहसा मैंने अनुभव किया कि मैं कई बार कक्षा में अपने व्याख्यान के मध्य ही रचनाओं, पुस्तकों और लेखकों के नाम भूल जाता था।" वे बोले, "ठीक है कि दस-पाँच मिनट में घूम-फिरकर वे नाम मुझे याद भी आ जाते थे, पर भूलता तो मैं था ही। क्रमशः उसमें वृद्धि भी हो

रही थी और हो रही है। मेरे मन में एक कीड़ा रेंग गया कि मैं एलज़ाइमर की ओर बढ़ रहा हूँ।" वे रुक गए, "हमारे एक परिचित डॉक्टर हैं ... डॉ. हस्ती। आपके समान न्यूरोलॉजिस्ट हैं। पढ़ाते नहीं हैं, प्रैक्टिस करते हैं। मैं उनके पास पहुँच गया। उन्होंने मेरी बात सुनी और हँस पड़े। 'जिस व्यक्ति को महाभारत के सारे पात्रों के नाम स्मरण हैं, वह एलज़ाइमर की बात कर रहा है!' मेरे पास उनकी बात का कोई उत्तर नहीं था। मैं चुपचाप लौट आया। ... किंतु तब से मेरा रोग बढ़ता ही गया है। इतने लोगों से मिलता हूँ, पर उनके नाम भूल जाता हूँ। कभी-कभी तो चेहरे भी भूल जाता हूँ। लोग मिलते हैं, कभी-कभी तो मेरे घर आते हैं और मुझे याद दिलाते हैं कि वे मुझे कहाँ-कहाँ मिले थे; किंतु मुझे कुछ भी स्मरण नहीं आता। मैं यह भी नहीं कहता कि वे झूठ बोल रहे हैं। क्यों बोलेंगे झूठ। किंतु मुझे कुछ भी याद नहीं आता।"

उनके चेहरे की परेशानी मुझे भी परेशान कर गई। जिस व्यक्ति की स्मरण-शक्ति पर सारा देश गर्व करता था, वह अपने-आपसे परेशान था।

"देखिए, आपको कोई रोग नहीं है।" मैंने कहा, "वय बढ़ने से ऐसा सभी के साथ प्रायः हो जाता है। कहीं कम, कहीं ज्यादा। हमारी स्मरण-शक्ति क्षीण होने लगती है। किंतु इसका अर्थ एलज़ाइमर नहीं है। यह शरीर के जीर्ण होने की स्वाभाविक प्रक्रिया है।" मैंने कहा, "वैसे भी आप इतने लोगों से मिलते हैं। यहाँ भी मैंने देखा है कि दो-चार सौ लोगों से तो आपने हाथ मिलाया ही होगा। अब आप उन सबको याद तो नहीं रख सकते। ..."

"हाँ। और वे मिलते भी झुंड में हैं। दस आदमी मिले, नाम बताया, हाथ मिलाया और चित्र खिंचवा लिया। एक-एक कर मिलें, अलग से बात करें, तो स्मरण भी रखूँ। ..."

"ठीक कह रहे हैं आप।" मैंने कहा, "आपने स्वयं ही बहुत अच्छा विश्लेषण किया है। चिंता का कोई कारण नहीं है।"

"चलिए। मैं आश्वस्त हुआ।" वे बोले, "पर मैं भूल नहीं पाता कि बंगला के एक लेखक विमल मित्र थे ..."

"हाँ थे। बहुत प्रसिद्ध लेखक थे।" मैं सहमत हो गई।

"तब मैं युवा था और बंकिमचंद्र पर मेरी पुस्तक का पहला खंड आया था।" वे बोले, "सन 77 या 78 की बात होगी। मुझे व्याख्यान के लिए कलकत्ता बुलाया गया। उस समारोह के अध्यक्ष थे विमल मित्र। उन्होंने मेरा व्याख्यान

सुना। प्रसन्न हुए। मुझे बधाई दी। जब उनसे अध्यक्षीय वक्तव्य देने को कहा गया, तो उन्होंने एक छोटा-सा रोचक वक्तव्य दिया। बोले :

'मैं छोटा था और कुछ बोलता था, तो माँ डाँट देती थी। बेशी बोक-बोक मत करो। स्कूल में अध्यापक डाँटता था। चोप। बेशी बोलबे न। पत्नी आई तो वह बोली, ज्यादा बोला मत करो। चुप रहो। सिर खा गए मेरा। बॉस ने कभी बोलने नहीं दिया। अब डाक्टर कहता है, हार्ट पेशेंट हो, अधिक मत बोलो। और आप लोग बोलता है कि बोलो। बोलो, क्या बोलेगा?'"

"रोचक प्रसंग है।" मैं बोली।

"कई वर्षों के पश्चात् वे एक सभा की अध्यक्षता करने दिल्ली आए। अपने भाषण को बड़े रोचक ढंग से आरंभ किया,'एक व्यक्ति एक मनोचिकित्सक के पास गया। उसे अवसाद रोग था। डाक्टर ने उसकी बात सुनी और बोला, 'आजकल नगर में एक हास्य-अभिनेता आया हुआ है। तुम उसके कार्यक्रम में जाओ। दिन में थोड़ी देर हँस लिया करो। ठीक हो जाओगे। तुम्हारा अवसाद तुम्हें छोड़ जाएगा।' वह व्यक्ति और भी उदास हो गया। बोला, 'डाक्टर साहब, वह हास्य अभिनेता मैं ही तो हूँ।' मेरी भी स्थिति कुछ ऐसी ही है, विमल मित्र बोले, लोग मुझे स्मरण कराते हैं कि मैंने क्या-क्या लिखा है और मैं हूँ कि स्मरण ही नहीं कर पाता।

"चाय के समय मैं उनके पास गया, 'मैं कृष्णप्रिय हूँ।' मैंने उन्हें कलकत्ता की घटना सुनाई। उनका वक्तव्य भी पूरा का पूरा सुना दिया। किंतु वे एक ही वाक्य बोले, 'आमि किछु समोरोण कोरते पारी न।'"

वे मेरी ओर देख रहे थे।

मैंने उन्हें सांत्वना दी, "आप निश्चिंत रहिए। आपके साथ ऐसा कुछ भी होने नहीं जा रहा है।" अब तक अनेक लोग नाश्ता करने आ चुके थे। उनमें से अनेक उनसे बातें करने को उत्सुक थे। कोई हस्ताक्षर चाहता था, कोई उनका फोन नंबर, कोई सेल्फी और कोई चित्र खींच रहा था।

"अच्छा, मैं चलती हूँ।"

"मैं भी चल रहा हूँ।"

अगली सुबह मैं नाश्ता करने डायनिंग हॉल में पहुँची तो वहाँ डॉ. कृष्णप्रिय कहीं नहीं थे। सोचा, अभी आ जाएँगे। मैं तो आरंभ करूँ। आज मेरी वापसी भी थी। उन्हें बता दूँगी। उनका फोन नंबर ले लूगी और अपना कार्ड भी उन्हें दे दूँगी।

मैं अपनी प्लेट लेकर, कोने की एक मेज़ पर बैठ गई और धीरे-धीरे आधा-आधा चम्मच कॉर्न फ्लेक्स खाने लगी।

वे आए और सीधे प्लेटों की मेज़ की ओर बढ़ गए। या तो उन्होंने मुझे देखा नहीं था, या पहचाना नहीं था। ... कोई बात नहीं। वे जब किसी मेज़ पर बैठ जाएँगे, तो मैं उनकी मेज़ पर चली जाऊँगी। ...

वे प्लेट में कुछ फल डालकर आए और एक मेज़ पर बैठ गए। उन्होंने मेरी ओर ध्यान नहीं दिया।

मैंने अपनी प्लेट उठाई और उनके सामने जा खड़ी हुई, "मैं यहाँ बैठ सकती हूँ?"

उन्होंने सिर उठाकर मुझे देखा; किंतु वहाँ मुझे पहचानने का कोई भी लक्षण नहीं था। उन्होंने कुछ कहने से पहले अपनी दृष्टि घुमाकर सारे कमरे को देखा, जैसे कहना चाह रहे हों, 'इतनी तो मेज़ें खाली पड़ी हैं, फिर मेरे ही सिर पर क्यों सवार हो?'

फिर मेरी ओर देखकर बोले, "हाँ, बैठिए न। यह मेज़ चार लोगों के लिए है।"

मैं बैठ गई। वे अपनी प्लेट से फल खाते रहे।

"मैं डॉ. इंदिरा हूँ। इंदौर से आई हूँ। वहाँ एक अस्पताल में न्यूरोलॉजी पढ़ाती हूँ।"

"अच्छा विषय है।" वे बोले, "पढ़ाती हैं तो छात्रों के प्रश्नों के उत्तर देने की भी अभ्यस्त होंगी।"

"जी। ये दोनों काम तो साथ ही चलते हैं।"

"मैं भी एक प्रश्न पूछूँ, बुरा तो नहीं मानेंगी, फ्री कंसल्टेंसी का?"

"नहीं, नहीं, बुरा क्या मानना। वह तो मेरा काम है।"

"क्या ब्रेन स्ट्रोक इत्यादि भी आपके ही क्षेत्र का विषय है।"

"जी हाँ।"

"और उससे होने वाला पक्षाघात ... पैरालिसिस?"

"वह भी।"

"क्या उसका उपचार हो सकता है?"

"तत्काल अस्पताल पहुँच जाएँ तो उपचार संभव है।"

"मेरे बड़े भाई को स्ट्रोक हुआ था। तत्काल अस्पताल भी पहुँचाए गए;

किंतु दो साल से उसी प्रकार का कष्टदायक जीवन व्यतीत कर रहे हैं। बिस्तर पर हैं।"

"अब इस बारे में तो वह डाक्टर ही आपको बता सकता है, जो उनका उपचार कर रहा है।"

वे कुछ नहीं बोले। नाश्ता करते रहे।

उनके लिए अंडे भी आ गए। आज वे उनकी पसंद के बनाए गए थे। टोस्ट भी उन्होंने दोबारा सिंकवा लिए थे।

"आप कभी इंदौर गए हैं?" मैंने उन्हें अपने विषय में कुछ याद दिलाना चाहा।

"इंदौर। हाँ, कई बार गया हूँ। वहाँ मेरे कई मित्र हैं।"

"इन्हीं दिनों भी कोई नया मित्र बना है क्या?"

"हाँ। आप भी तो इंदौर की ही हैं।" वे हँसे।

"तो आपने मुझे पहचान लिया?"

"हाँ। आपने अभी तो बताया था कि आप इंदौर के एक अस्पताल में न्यूरोलॉजी पढ़ाती हैं।" वे उठ खड़े हुए, "अच्छा, चलता हूँ। फिर मिलेंगे।"

वे चले गए और मैं बैठी सोचती ही रह गई ... एलज़ाइमर ... स्ट्रोक ... पक्षाघात ...

वेल्लियाँ-मष्टंडियाँ

ब्राह्म मुहूर्त में सिंह साहब का निधन हो गया था। सूर्योदय होते-होते सारे मुहल्ले में समाचार फैल गया।

घर के लोग शामियाने और दरियों का प्रबंध करने में लगे थे; किंतु जिसने समाचार सुना, वही उनके घर की ओर भागा चला आया। किसी ने भी दरियों और शामियाने की प्रतीक्षा नहीं की।

आस-पड़ोस के लोगों की भीड़ लगी थी। कमरों में भीड़ अधिक हो जाने के कारण कुछ महिलाएँ बाहर भी बैठी थीं; किंतु अधिकांश श्रीमती सिंह के पास, उनके निजी कमरे में बैठी थीं। श्रीमती सिंह हाल-बेहाल नहीं थीं। वे शांत और संतुलित भी नहीं लग रही थीं; किंतु रो भी नहीं रही थीं।

"सिंह साहब कह गए हैं कि मेरे चले जाने के पश्चात् रोना-धोना मत। यह तो जीवन है। जो आया है, वह जाएगा ही।" वे बिना रुके बोलती चली गईं, "और वे कौन-सा कच्ची उमर में गए हैं। पचासी वर्ष का भरपूर जीवन जीकर गए हैं।"

"फिर भी बहन जी, घर से एक प्राणी चला जाए तो दु:ख तो होता ही है। ..."

"दु:ख क्या जीवित व्यक्ति का नहीं होता?" श्रीमती सिंह कसैले स्वर में बोलीं, "दु:ख क्या मरने पर ही होता है? मरने वाला तो चला गया, अब वह कभी कोई दु:ख देने नहीं आएगा।"

"वह तो ठीक है; किंतु अब जीवन के इस सोपान पर आपके लिए अकेले रहना ...।"

"अकेली रहना कठिन होता है बहन जी। ..."

"साथ रहना भी कम कठिन नहीं है।" श्रीमती सिंह ने उन्हें हाथ जोड़ दिए।

वे महिलाएँ वहाँ से उठ गईं। बाहर बैठी महिलाओं को भी तो श्रीमती सिंह से मिलना था। और इन्हें घर जाकर बच्चों को स्कूल के लिए तैयार भी करना था, पतियों को भी काम पर भेजना था। वैसे भी ये घर पहुँचेंगी, तो उनके पति संवेदना प्रकट करने के लिए आएँगे। ...

महिलाओं का झुंड का झुंड सिंह साहब के घर से बाहर निकला; और उनकी चर्चा आरंभ हो गई।

"जो मन में आए, कह लें मिसेज सिंह, किंतु मैं जानती हूँ कि उम्र कोई भी हो, औरत का जीवन तो पति के साथ ही है। वसुंधरा को नहीं देखा : रात को घर में और कोई न हो तो कैसी डर जाती है। उसे नींद ही नहीं आती। पड़ोस में सोने चली जाती है।"

"और क्या। अकेले रहना पुरुष के लिए भी कठिन होता है। स्त्री का तो कहना ही क्या।"

"ठीक कह रही हो। हमारे पड़ोस में पांडेय जी पड़े हैं न अकेले। कुंभकर्ण के समान छह महीने में जगते हैं। उस घर में कोई रहता भी है या नहीं, इसका पता ही नहीं चलता। कोरियर वाला कपाट पीट-पीटकर अपनी हथेलियाँ लाल कर लेता है; किंतु वे कुंडी नहीं खोलते।"

"मेरे पड़ोस में सरला जी नहीं हैं? सारा दिन वरांडे में बैठी रहती हैं, गली में कोई आता-जाता दीख जाए तो उसे चाय बनाने को कहें। बाज़ार तक जाना हो, तो चौकीदारों की चिरौरी करती रहती हैं। अरे एक नौकर ही रख लो ...।"

"ताकि वह रात को गला दबाकर घर में झाड़ू फेर जाए?"

"उनके घर में रखा ही क्या है। चोर आएगा तो कुछ रख ही जाएगा, लेकर क्या जाएगा?"

"मैं तो कहती हूँ कि श्रीमती सिंह एक फुल-टाइम कुक रखें और एक मेड। पैसे की कोई कमी है उन्हें। एक ड्राइवर रख लें। ठाठ से रहें। आदमी आराम से रहे तो क्यों मरे पति को याद करे?"

"मुझे तो लगता है कि इस मकान को बेच दें। वैसे भी टूट-फूट रहा है। एक नया और शानदार अच्छा-सा फ्लैट लें और नौकर-चाकर रखें। फाटक पर दरबान रखें; और रईसों के समान रहें।"

"हाँ। चार डग चला तो उनसे जाता नहीं। इस उम्र में तो कोई ब्वॉय फ्रेंड भी नहीं मिलता, जो सारे काम कर दे। यूनिवर्सिटी की बात और थी। चारों ओर

डोलते फिरते थे। कोई सेवा हो तो बताइए। मरे जवानी में ही आगे-पीछे डोलते हैं, जब उनकी कोई आवश्यकता नहीं होती। अब ..."

"बेकार की बातें हैं। मिसेज सिंह के बच्चों को चाहिए कि एक अटैंडेंट दिन के लिए और एक रात के लिए रख दें। सुख से रहेंगी। बाकी देखभाल के लिए पड़ोसी तो हैं ही। मुहल्ले में डाक्टर भी कई हैं। जो सामान मँगाना हो, फोन करके मँगा लें। आजकल क्या नहीं आ जाता फोन पर।"

"देखो, पचास नौकर रख लो; किंतु अपने बच्चों जैसा कोई नहीं है। उनके बच्चों को चाहिए कि उन्हें अपने साथ ले जाएँ और उनकी देखभाल करें। जीवन के इस आखिरी पड़ाव पर सेवा नहीं करेंगे, तो कब करेंगे? सारी संपत्ति लेंगे और सेवा नहीं करेंगे। बेटा-बहू होते हुए भी, वे यहाँ बंद घर में अकेली पड़ी रहेंगी और डिप्रेशन में चली जाएँगी। किसी दिन पता चलेगा कि वे रही ही नहीं।"

"विदेश में बूढ़े माँ-बाप को अपने साथ रखना कोई आसान है। वहाँ तो कोई नौकर भी नहीं मिलता। न कोई मंदिर, न भजन-मंडली, न कीर्तन, न सत्संग, जहाँ वृद्ध जाकर कुछ समय बिता आए। बेटा-बहू प्रात: तैयार हो कर चले जाएँगे दफ्तर और बुढ़िया दिनभर खिड़की से टँगी उनकी बाट जोहती रहेगी।"

"पोते-पोतियाँ नहीं हैं?"

"हैं क्यों नहीं, पर एक कनाडा में है, एक आस्ट्रेलिया में।"

"तो क्या हो गया। यहाँ कौन बैठा है, उनके सिरहाने। यहाँ भी तो अकेली ही रहेंगी। बाट जोहने को भी कोई नहीं है। थोड़ा समय पढ़ लें, कुछ टी.वी. देख लें, थोड़ी देर पड़ोस में चली जाएँ। पड़ोस से किसी को बुलाकर चाय पिला देंगी, तो कंगाल नहीं हो जाएँगी।"

श्रीमती कटारिया पहली बार बोलीं, "तुम लोगों ने तो उनका सारा ही प्रबंध कर दिया। उनको तो कुछ सोचने और करने की आवश्यकता ही नहीं है। अब उनको कोई कठिनाई नहीं होगी।" वे हँसीं, "किंतु तुम लोगों में से किसी ने भी अभी उनके खर्च के लिए पैसे देने की बात नहीं कही है।"

"वह तुम दे देना।" हँसा ने कटाक्ष किया।

"मैं नहीं दे रही तो मैं उनका प्रबंध भी नहीं कर रही। तुमसे किसी ने कुछ पूछा भी है कि उन्हें क्या करना चाहिए और उनके बच्चों को क्या करना चाहिए? घर जाओ, अपने सास-ससुर को सँभालो। मुहल्ले का ठेका मत लो। वेल्लियाँ-मष्टंडियाँ ..."

भीड़ का मूड कुछ बिगड़ गया था।

विचित्र संयोग हुआ। संध्या-समय सिंह साहब का चौथा-उठाला हुआ और रात को श्रीमती सिंह का निधन हो गया। प्रात: ही मुहल्ले में डोंडी पिट गई कि श्रीमती सिंह भी नहीं रहीं।

टैंट लग गया, दरियाँ बिछ गईं। लोगों की भीड़ लग गई।

"कैसी पतिव्रता थीं। चार दिन भी पति के बिना नहीं रह सकीं।" गोमती ने कहा, "अभी परसों तो लोगों से अपनी फैमिली पेंशन के लिए कागज़ों पर हस्ताक्षर करवा रही थीं, जैसे अभी वर्षों जिएँगी। नहीं जानती थीं कि यमराज ने पहले ही ऊपर से मृत्यु-प्रमाणपत्र जारी कर दिया है।"

"सावित्री थी। सत्यवान के पीछे चली गई।

"सावित्री तो सत्यवान को लौटा लाई थी। ये भी लौटा लाएँगी क्या?"

"मुझे तो यहाँ उलटा मामला लगता है। सिंह साहब ही वहाँ अकेले नहीं रह सके। चौथे दिन ही खींचकर ले गए।"

"जो भी हो, अति वृद्धावस्था के शारीरिक कष्ट भोगने को तो नहीं रुकी रहीं। ब्रेन हैमरेज, पक्षाघात, फेफड़ों में पानी, स्टेंट लगवाना ... बिस्तर-सेवन से तो बच गईं।"

"अस्पतालों के चक्करों से भी बची रहीं।"

"मुझे तो लगता है कि बेटे और बहू को उन सारी परेशानियों से मुक्त कर गईं, जो इनके कारण उनके गले पड़ने वाली थीं। अब उनको न इनके लिए नौकर रखने हैं, न डॉक्टर, न दवा-दारू, न अस्पतालों के चक्कर, न घर का प्रबंध। सबसे मुक्त कर दिया।"

"बेटा-बहू मुक्त कहाँ हुए? अब उनके गले की फाँस यह मकान है। अब उसका क्या करेंगे?" श्रीमती सुभागी बोलीं, "जीवित रहतीं तो मकान को थामे बैठी रहतीं। नौकर-चाकर तो थे ही। बेटा-बहू आते, पोते-दोहते आते, भाई-बहन आते, अतिथि आते; उनके रहने का ठिकाना तो था। अब क्या होगा?"

"अरे छोड़ो। बेटा-बहू विदेश से आने से रहे। मकान क्या नौकरों के लिए रखना है? तुम क्या समझती हो कि नौकर रहेंगे और मालिक उसका हाउस-टैक्स देंगे? उसकी मरम्मत करवाएँगे? सफेदियाँ करवाएँगे? फर्नीचर बनवाएँगे? ..."

"तो?"

"देख लेना, छह महीने में मकान बेच देंगे वे। करोड़ों की संपत्ति है। जहाँ रहेंगे, वहाँ अपने लिए हवेली बनवाएँगे।"

"बिकवाओगी तुम? जो मकान बिकता है, उसका आधे से अधिक मूल्य काले धन में मिलता है। ये लोग विदेश में उस काले धन का क्या करेंगे?"

"एक खंड बंद कर रखें, बाकी किराए पर दे दें। प्रतिवर्ष बीस प्रतिशत किराया बढ़ाते रहें। आय भी होती रहेगी, संपत्ति भी बनी रहेगी।"

"अरे, एक बिल्डर को पकड़ें, चार फ्लोर बनवाएँ। तीन बेच दें; एक अपने पास रखें। कोई झगड़ा ही नहीं।"

"हाँ, बिल्डर पैसे भी देगा और तीन फ्लोर भी। हींग लगे न फिटकरी, रंग भी चोखा आए। एक फ्लोर अपने लिए रखें, दो बेच दें। दस-दस करोड़ का एक फ्लोर जा रहा है। रहने का ठिकाना भी होगा। दस-बीस करोड़ भी जेब में आ जाएँगे।"

"जिनकी संपत्ति है, उनसे भी किसी ने कुछ पूछा है कि वे क्या करना चाहते हैं, या अपने मन से ही सारा प्रबंध करती जा रही हो?"

"हमने तो सिंह साहब के निधन पर भी श्रीमती सिंह के भविष्य का सारा प्रबंध कर दिया था, पर वे सबको अँगूठा दिखाकर चली गईं।"

"उनके बेटा और बहू भी हमें अँगूठा ही दिखाएँगे।"

"जब तुम्हारा कुछ है नहीं, तुम्हें कुछ करना नहीं है, तो क्यों हवा में लठ भाँज रही हो?"

"वेल्लियाँ-मष्टंडियाँ ..."

भूल

मैंने स्वयं को बहुत रोका।

मैंने रोका ... और किसको रोका? स्वयं को रोका। तो फिर किसने किसको रोका? रोकने वाला भी मैं और जिसे रोका गया, वह भी मैं। ... यह 'मैं' दो भागों में खंडित कैसे हो गया? 'मैं' तो एक ही हूँ, दो नहीं। फिर यह द्वैत कहाँ से आ गया? तो इसका अर्थ यह हुआ कि 'मैं' भी अपने आपमें अद्वैत नहीं है। वह दो ही नहीं, अनेक खंडों में खंडित हो सकता है। बात स्पष्ट करने के लिए मैं यह मान लूँ कि मेरे विवेक ने मेरे मन को रोका। अर्थात् मन विवेकी नहीं होता। विवेक उससे पृथक् कोई और ही तत्त्व है। मन तो निर्बंध है; शायद उच्छृंखल ही है; किसी बंधन को मानता ही नहीं। वह इच्छाओं का एक गोला है। छलावा है वह। एक हठी बच्चे के समान एड़ियाँ रगड़-रगड़कर हर समय कुछ न कुछ माँगने वाला। न अवसर देखता है, न स्थान। न मौका, न महल। घर का आँगन हो, हाट-बाज़ार हो या कोई चलती सड़क, वह कहीं भी अड़ सकता है। एड़ियाँ रगड़ सकता है, आँसू बहा सकता है, चीख-चिल्ला सकता है।

उसी हठी मन को मेरा विवेक तीन दिनों तक टालता रहा। कारण खोजता रहा; परिस्थितियों की कल्पना करता रहा। होगा कुछ। जीवन में सहस्रों बाध्यताएँ हैं। सबके अपने-अपने कारण हैं। और फिर मैं ही ऐसी क्या चीज़ हूँ कि मेरे निमंत्रण पर लोगों को आना ही पड़ेगा ... जो नहीं आया, वह नहीं आया। मेरा काम निमंत्रित करना मात्र था, वह मैंने कर दिया। अब उसकी इच्छा ...

किंतु रहा नहीं गया। अंततः फोन कर ही दिया।

"क्या बात है, तुम विवाह में आए नहीं?"

वह एक कृत्रिम-सी हँसी हँसा, "क्या करता यार। बस परिस्थितियाँ ऐसी बन गईं कि आ नहीं सका।"

"परिस्थितियों के बच्चे! तुम्हें याद है, अपने गृहप्रवेश पर नहीं बुलाया था, तो तुम लड़ने के लिए मेरे घर तक आ पहुँचे थे।" मैं बोला, "अब निमंत्रण-पत्र भी भेजा, फोन भी किया। तुमने कार्ड मिलने की पुष्टि भी की और आने का वचन भी दिया, फिर गायब हो गए।"

"अरे यार, मेरी बात तो सुनो।"

"सुनने-सुनाने को क्या है?" मैं बोला, "तुम नहीं आए तो नहीं आए। तुम्हारी सुन लेने से कुछ बदल जाएगा क्या?"

"अरे यार, उसी दिन सुरेंद्र के पुत्र का पहला जन्मदिन था।" वह बोला, "वहाँ जाना जरूरी हो गया था। ..."

"क्या जरूरी हो गया था? बच्चे का जन्मदिन ही था। प्रत्येक वर्ष आएगा। मेरे बेटे का विवाह तो हर वर्ष नहीं होगा।"

"मुझे वाहन नहीं मिला, नहीं तो मैं वहाँ से तुम्हारे यहाँ आ जाता। ..."

"वहाँ जाने के लिए वाहन मिल गया, मेरे यहाँ आने के लिए वाहन नहीं मिला?"

"बेटे को कहीं जाना था, इसलिए ड्राइवर वह ले गया और तुम जानते हो कि मैं गाड़ी चलाता नहीं। ..."

"सीधी बात कर। प्रकाशक तेरे लिए अधिक महत्त्वपूर्ण हो गया, मैत्री गई भाड़ में। प्रकाशक का नाम सुनते ही लेखक ऐसा बौराता है, जैसे उसे अकबर के नवरत्नों में स्थान मिलने जा रहा हो। मुँह से लार टपकने लगती है।" मैंने उसे डाँट दिया, "वैसे उसने कभी तेरी कोई किताब छापी भी है? और बता दूँ, छापेगा भी नहीं।"

"नहीं, बात किताब छापने की नहीं थी। ..."

मुझे लगा कि वह कुछ सच बोल रहा है।

"प्रकाशकों की मेरे पास कमी नहीं है।" उसने अपना वाक्य पूरा किया।

"फिर भी तुम मुझे छोड़ उसके घर गए।" मैंने कहा, "छोड़, नहीं आया तो न सही। एक फोन तो कर देता कि तू नहीं आ पा रहा है। अपने न आ पाने का खेद जताया होता, या फिर विवाह की बधाई दी होती। कुछ तो किया होता। तुम साले तो एकदम सन्नाटा ही खींच गए, जैसे कुछ

हुआ ही नहीं। मेरे दिल के टुकड़े-टुकड़े हो गए और तुमको एक छींक तक नहीं आई।"

"यार, बस सोचता ही रह गया।" वह बोला, "एक-आध दिन में फोन करता मैं ...।"

"एक-आध दिन में क्यों, साल-डेढ़ साल में कर लेता। फोन ही तो है, कहीं भागा तो जा नहीं रहा।" मैं अपने प्रवाह में आ गया था, "और एक तुम ही नहीं हो, वह सूर्यप्रकाश भी न आया, न फोन किया, जबकि मैं स्वयं उसके घर जाकर अपने हाथों निमंत्रण-पत्र देकर आया था।"

"वह भी वहीं था।" उसने बताया, "कह भी रहा था कि तुम्हारे यहाँ आना था पर ... पर देर होती गई न।"

मेरा सिर सौ चक्कर खाकर रुका, "वह भी! उसने तो कभी प्रकाशकों को घास भी नहीं डाली।"

"पर उस दिन तो बोरी भर घास लाया था। डालते-डालते समाप्त ही नहीं हुई ...।"

"तुम लोग आए या नहीं आए।" मैंने कहा, "उससे मेरा क्या बनता-बिगड़ता है; किंतु आदमी की पहचान तो हो गई ..."

मैंने फोन रख दिया।

मनोहर जी एक स्थान पर टकरा गए।

"आप सुरेंद्र जी के यहाँ दिखाई नहीं दिए।" वे बोले, "बहुत सारे लोग आए हुए थे। धूम-धड़ाके से मनाई बच्चे की वर्षगाँठ।"

"हाँ, मैं नहीं आ पाया।" कैसे बताता मनोहर जी को कि उसी दिन मेरे पुत्र का विवाह था। उन्हें निमंत्रित जो नहीं किया था। झूठ बोल नहीं सकता था, नहीं तो कह देता कि सुरेंद्र ने मुझे बुलाया ही नहीं था।

"अच्छा किया, नहीं आए।" मनोहर जी बोले, "बहुत विलंब हो गया था उस दिन। कुछ अधिक ही।"

"क्यों? कोई बरात तो आनी नहीं थी।"

"नहीं, बरात तो नहीं आनी थी। मुख्यमंत्री की फ्लाइट बहुत विलंब से आई।" मनोहर जी ने बताया, "वे पहुँचे तो केक काटा गया, नहीं तो कोका कोला ही पीते रहते।"

"मुख्यमंत्री आए थे वहाँ?" मैंने पूछा।

"हाँ। दो-एक मंत्री भी थे।" मनोहर जी हँसे, "तो आप क्या समझते हैं कि ये सारे लेखक जो थोक के भाव वहाँ पहुँच गए थे, वह सुरेंद्र के प्रीतिभोज के आकर्षण में पहुँचे थे? अरे, यह तो राजनीतिक नेताओं को अपना मुखड़ा दिखाते रहने का लोभ है कि शायद कभी कुछ मिल ही जाए।"

मैंने मन ही मन स्वयं को एक घूँसा रसीद किया, "और मैं मूरख समझता रहा कि ये लोग अपनी पुस्तकें छपवाने के लोभ में मेरे सौहार्द की उपेक्षा कर प्रकाशक के निमंत्रण पर वहाँ चले गए!

महीना भर बीत गया।

'आधुनिक साहित्य' के नए अंक का विमोचन था। नए-पुराने बहुत सारे लेखक जुटे हुए थे। थोड़ा आश्चर्य भी हुआ। दिल्ली में साहित्यिक समारोहों में पच्चीस श्रोता भी जुट जाएँ तो बहुत होते हैं। यहाँ तो कई पचीसे थे।

"भोजन की व्यवस्था है भाई।" मेरे मन ने स्मरण कराया, "तुम भी भोजन की व्यवस्था करो और जितने लोग चाहो, जुटा लो।"

"पुत्र के विवाह के अवसर पर भोजन की व्यवस्था ही तो की थी, इंडिया इंटरनेशनल सेंटर में। तब भी इनमें से कितने ही नहीं आए थे।" मैंने स्वयं को स्मरण दिलाया।

मेरा मन अभी बहुत स्थिर नहीं हो पाया था कि घोषणा हुई कि आज संपादक का जन्मदिन था। ... इसलिए पहले केक काटा जाएगा, फिर विशेषांक का विमोचन होगा। ओहो ... तो यह बात है। बड़ी इमोशनल अपील है, निमंत्रण में।

केक काटा जा रहा था कि गोपाल जी आ टकराए, "मुझे ममता के साथ आपके घर आना है ..."

मेरे मन में सैकड़ों बातें कौंध गईं ... जब एक मित्र का फोन नहीं मिल रहा था और मेरे लिए यह जानना बहुत आवश्यक हो रहा था कि उन्हें विवाह का निमंत्रण-पत्र मिला है या नहीं ... तभी स्मरण हो आया था कि उन मित्र का घर गोपाल जी के पड़ोस में ही है। गोपाल जी को फोन करता हूँ। यह भी पूछ लूँगा कि उन्हें निमंत्रण-पत्र मिला या नहीं ... डाक विभाग का क्या भरोसा ... और उनके पास अपने मित्र डब्बू के लिए संदेश भी छोड़ दूँगा ...

गोपाल जी फोन पर मिल गए थे। उन्होंने बताया था कि उन्हें निमंत्रण-पत्र मिल गया है और डब्बू को भी। उन लोगों में परस्पर बात भी हो चुकी है। वे तो विवाह में आ ही रहे थे, डब्बू को भी लेकर आ रहे थे। ... मैं प्रसन्न हो गया। एक पंथ दो काज ... पर गोपाल जी विवाह में नहीं आए। डब्बू किसी और के साथ आ गया था।

आज गोपाल जी मेरे सामने हाथ जोड़े खड़े थे ... "ममता के साथ आपके घर आना है।"

मेरा मन खीज के मारे अशिष्ट हो चुका था, "अब क्या करेंगे आकर। जब आना था, तब तो आए नहीं। कहकर भी नहीं आए। नहीं आए, कोई बात नहीं। एक फोन तक नहीं किया।"

"वह मेरा पेट खराब हो गया था।" वे अपनी मधुर मुसकान की मोहिनी से मुझे ठगने का प्रयत्न कर रहे थे और मेरा मन था कि ठगा जाने को तैयार ही नहीं था।

"पेट खराब हो गया था, तो एक फोन तो कर सकते थे कि नहीं आ पा रहे ..."

"अरे भाई, फूड-पोइज़निंग हो गई थी। हालत बहुत बिगड़ गई थी।"

पर मेरा मन नहीं पसीजा, "अस्पताल में भरती हो गए थे क्या? आई.सी.यू. में? डाक्टरों ने वैंटिलेटर पर डाल रखा था क्या कि एक फोन भी नहीं कर सकते थे, न करवा सकते थे?"

"हाँ। तबीयत खराब हो गई थी।" वे मेरा मूड देखकर मुझसे टकराए नहीं। मुसकराए और चले गए।

पर मेरा क्रोध का पारा एकदम नीचे उतर आया ... यदि वे सचमुच इतने ही अस्वस्थ थे ... विषाक्त भोजन ... फूड-पोइज़इनिंग ... मैं भी बस अपनी ही सोचता हूँ। दूसरे के कष्ट-तकलीफ की बात सोचता ही नहीं ... फूड-पोइज़निंग कोई साधारण बात तो है नहीं। प्राण भी जा सकते हैं। ... फूड-पोइज़निंग की बात तो सारे मुहल्ले में फैल गई होगी ...

मैंने डब्बू को जा पकड़ा। वह कुल्फी खा रहा था।

"बात सुन भाई। तुम विवाह में गोपाल जी के साथ आने वाले थे। गोपाल जी तो आए नहीं, उन्हें फूड-पोइज़निंग हो गई थी क्या?"

"सुरेंद्र के प्रीतिभोज में और किसी को तो फूड-पोइज़निंग हुई नहीं, गोपाल जी को कहाँ से हो गई?"

मैं स्तब्ध खड़ा रह गया।

"गोपाल जी भी सुरेंद्र के बेटे की वर्षगाँठ में गए थे?"

"हाँ। वहाँ मुख्यमंत्री को आना था न।"

"पर गोपाल जी तो कांग्रेसी हैं न।" मेरे मुँह से निकला, "उनका मुख्यमंत्री से क्या काम?"

"क्या सर, आप भी।" उसने ताली बजाई, "क्या कांग्रेस और क्या भाजपा। अरे, राजनीतिक संपर्क कहीं भी हों, कभी न कभी तो काम आते ही हैं। सबसे बनाकर रखनी चाहिए सर।"

मैंने फिर मन ही मन अपनी छाती पर एक ज़ोर का घूँसा मारा ... भूल मैंने की और दोष दूसरों के खोजता रहता हूँ। ... मैंने ही अपने पुत्र के विवाह में मुख्यमंत्री को निमंत्रित कर लिया होता, तो देश के इतने सारे होनहार साहित्यकारों को इस प्रकार झूठ क्यों बोलना पड़ता ...

परित्यक्ता

किसी ने बहुत उद्दंडता से नीचे गली वाला दरवाजा खटखटाया।

वीराँ बच्चों के साथ रसोई में अँगीठी के पास बैठी हुई उन्हें नाश्ता करा रही थी। रविवार का दिन था। स्कूल में छुट्टी थी। सालिगराम और जुगल घर पर ही थे। कमला को तो स्कूल से उठा ही लिया गया था। बच्चे रोज की अपेक्षा आज कुछ देर से जागे थे और नाश्ता भी देर से ही कर रहे थे।

वीराँ की निश्चिंतता में दरक पड़ी। इतनी सुबह कौन आ गया? कोई पड़ोसी इस प्रकार दरवाजा नहीं खटखटाता।

दरवाजा फिर उसी प्रकार खटका, जैसे खटखटाने वाला बड़ी उतावली में हो।

वीराँ ने अँगीठी से फुलका उतारकर जुगल की थाली में डाला और कमला की ओर देखा, "देख!"

कमला ने उठकर खिड़की से झाँककर देखा और उस का रंग उड़ गया। पलटकर फँसे हुए स्वर में बोली, "माँ! पिता जी हैं।"

वीराँ के लिए जैसे समय की गति थम गई। सब-कुछ ठहर गया। उसने सायास स्वयं को सचेत किया और सालिगराम पर उसकी दृष्टि ठहरी, "जा, दरवाजा खोल।"

रोटी का कौर सालिगराम के हलक में फँस गया था। उसने पानी का घूँट पीकर उसे बलात् नीचे उतारा और उठ खड़ा हुआ। उसे लगा, उसका शरीर एकदम शिथिल हो गया था, जैसे पैर उठ न रहे हों, पर मन कोड़े पर कोड़े लगा रहा था, "जल्दी चल। नहीं तो पिता जी नाराज हो जाएँगे।"

अपने शरीर और मन के इस संघर्ष की पीड़ा, सालिगराम की सहनशक्ति से बड़ी थी। उसके मन में भय समा गया था कि इस कशमकश में उसका पैर सीढ़ियों पर रपट जाएगा और वह धड़धड़ाता हुआ नीचे जा गिरेगा। पर वैसा कुछ नहीं हुआ। सँभल-सँभलकर पैर धरता हुआ, वह सीढ़ियों से नीचे उतर आया था। इस बीच में दो बार और दरवाजा खटखटाया जा चुका था।

सालिगराम ने साँकल हटाकर कपाट खोले और गोकुलचंद के पैरों में झुक गया, "पैरी पैनाँ वाँ।"

गोकुलचंद ने यंत्रवत् उसके सिर पर हाथ रखा और मुख से आशीर्वाद का एक भी शब्द कहे बिना, उसे धकियाते हुए, सीढ़ियाँ फलाँगते हुए, ऊपर चढ़ गए। उनके एक हाथ में टीन का एक छोटा-सा सूटकेस था।

गोकुलचंद ऊपर पहुँचे तो वीराँ, कमला और जुगल वैसे के वैसे ही बैठे थे। रसोई के दरवाजे पर उनके प्रकट होते ही तीनों की दृष्टि एक-साथ उठी। क्षण भर के लिए एक ओर से तीन जोड़ी और दूसरी ओर से एक जोड़ी आँखों में टकराव-सा हुआ।

सबसे पहले जुगल उठा, "पैरी पैनाँ पिता जी।"

तब तक पीछे से सालिगराम भी आ गया था।

कमला ने वहीं बैठे-बैठे एक 'नमस्ते' गोकुलचंद की ओर उछाल दी। वीराँ कुछ भी नहीं बोली।

गोकुलचंद चुपचाप वीराँ को घूरते रहे; और सहसा बोले, "यहाँ कौन आया था?"

कुछ क्षणों तक वीराँ समझ ही नहीं सकी कि वे क्या पूछ रहे हैं। वह अपने हतप्रभ मस्तिष्क को संतुलित करने का प्रयत्न करती रही। तब तक कमला ने उठकर गोकुलचंद के हाथ से सूटकेस ले लिया और जाकर भीतर कमरे में रख आई।

वीराँ की ओर से कोई उत्तर न पाकर गोकुलचंद का स्वर कुछ ऊँचा हो गया, "मैं पूछता हूँ, यहाँ कौन था?"

वीराँ के कंठ से पहली बार स्वर फूटा, "किसके विषय में पूछ रहे हैं आप?"

"जो मेरे आने से पहले यहाँ था और मेरी आहट पाकर जिसे तुमने कहीं छिपा दिया है।"

सहसा वीराँ की समझ में बात आ गई। उसके चेहरे से न केवल जिज्ञासा की रेखाएँ मिट गईं, वरन् उसे अपना संतुलन भी मिल गया। उसने एक बार

संकोच से अपने बच्चों पर दृष्टि डाली और फिर हठपूर्वक कठोर स्वर में बोली, "कोई नहीं था यहाँ। आप को वहम हुआ है।" और फिर जैसे उसे संतोष नहीं हुआ, तो पुनः जोड़ा, "इस प्रकार मुझ पर निराधार संदेह आप को शोभा नहीं देता। इससे आप का सम्मान बढ़ेगा नहीं।"

गोकुलचंद ने तत्काल कोई उत्तर नहीं दिया। वे उसे उसी प्रकार घूरते रहे और फिर शब्दों को चबा-चबाकर बोले, "तो दरवाजा खोलने में इतनी देर क्यों हुई?"

वीराँ के मन में आया, इस व्यक्ति के साथ तर्क का क्या लाभ? जो बात इसके मन में समा जाए, उसके पीछे पागल हो जाता है। नहीं तो क्या कोई भला आदमी अपने बच्चों के सामने, अपनी पत्नी से इस प्रकार बात करता है?

"बोलती क्यों नहीं?" गोकुलचंद ने डाँटकर पूछा।

वीराँ ने बच्चों की ओर देखा, "तुम लोग जाओ।"

लगा, तीनों ही बच्चे इस असमंजस में थे कि इस अवस्था में माँ को अकेली छोड़ें या नहीं, पर पिता के इस रूप का सामना करना भी उनके लिए सुखद नहीं था।

"जाओ।" वीराँ ने उनका असमंजस तोड़ दिया।

तीनों बच्चे ढकी-छुपी नजरों से पिता को देखते हुए, दूसरे कमरे में चले गए।

"अब पूछिए, क्या पूछना है?" वीराँ ने निर्भीक दृष्टि से पति की ओर देखा, "मैं यहाँ अकेली बैठी आपके नाम की लाज ढो रही हूँ और आप ...।"

"बकवास मत कर।" गोकुलचंद झपटकर बोले, "मैं तुम्हारे सारे चलित्तर समझता हूँ। यहाँ था नहीं कोई?"

वीराँ को क्रोध आ गया। उस ने भय को बहुत पीछे छोड़ दिया, "मुझे कल्याणी समझा है क्या?"

लगा, गोकुलचंद उसे मार बैठेंगे, पर दूसरे ही क्षण वे मुड़ गए, "मैं अभी ढूँढ़ निकालता हूँ।"

गोकुलचंद ने एक-एक कमरा छान मारा। चारपाइयाँ उलट-पलट डालीं। अल्मारियाँ खोल-खोलकर देखीं। दरवाजों के पीछे झाँका। वीराँ निश्चिंत होकर रसोई में बैठी रही। उसके क्रोध ने गोकुलचंद के प्रति भय को तनिक भी सिर नहीं उठाने दिया था। यह व्यक्ति उस पर वह आरोप लगा रहा था, जिसकी व्यवहार-जगत् तो क्या, उसके मनोजगत् में भी कहीं कोई कामना नहीं थी।

जीवन में एक ही पुरुष से संपर्क हुआ था – गोकुलचंद से। और उस पुरुष ने उसे ऐसा क्या दिया था कि वह किसी अन्य पुरुष की कामना करे ...

गोकुलचंद लौट आए, "कौन आया करता है तुम्हारे पास?"

वीराँ चुप।

"बोलती क्यों नहीं?"

"जब आपको विश्वास ही नहीं है, तो बोलकर क्या करूँगी।"

"मैं चाहे कुत्ते के समान भौंकता रहूँ, तुम उत्तर भी नहीं दोगी?" गोकुलचंद का मुख क्रोध से जल उठा।

किंतु वीराँ तनिक भी विचलित नहीं हुई। वह चुपचाप बैठी रही।

गोकुलचंद उसे वहाँ बैठी छोड़कर दूसरे कमरे में बच्चों के पास चले गए।

तीनों बच्चों को उन्होंने अपने सामने खड़ा कर लिया। हाथ में उनकी छड़ी थी, "बोलो! कौन था यहाँ?"

बच्चे चुप रहे।

"बोल कमला!" गोकुलचंद बोले।

"कोई नहीं था पिता जी।"

गोकुलचंद ने अविश्वास से उसे देखा, "झूठ मत बोल। तू बोल सालिगराम, कौन आया करता है यहाँ?"

सालिगराम की आँखों में आँसू आ गए। रोनी आवाज में बोला, "यहाँ कोई नहीं आता पिता जी।"

"तुम्हारी माँ किसके साथ बाहर जाती है?" गोकुलचंद ने उसे धमकाया।

"माँ बाहर जाती ही नहीं।"

"कहीं नहीं जाती?"

"बस मंदिर जाती है।"

"मंदिर!" गोकुलचंद के मन में चिंतन की एक नई प्रक्रिया चल पड़ी।

"वे उठकर वीराँ के पास आए। वह वैसे ही रसोई में बैठी थी।

"तो वह मंदिर में मिलता है तुझे?"

वीराँ ने निर्विकार भाव से उनकी ओर देखा, "कौन?"

"तेरा यार।"

"आप सफर से थके आए हैं।" वीराँ भावहीन स्थिर स्वर में बोली, "कुछ खाएँगे तो कहिए, बना दूँ। मुझे देर हो रही है। मुझे मंदिर जाना है।"

वीराँ की इस निर्भीक उपेक्षा से गोकुलचंद जल उठे, “मैं क्या पूछ रहा हूँ हरामजादी! और तू अपनी बकवास कर रही है।”

वीराँ के चेहरे पर वितृष्णा जागी, “इस भाषा में अपना यह प्रेमालाप अपनी उस गुलबदन से किया कीजिए, जिसका संसार यारों और यारियों से बना है। मैं आपकी पत्नी और आपके बच्चों की माँ हूँ। गृहस्थी की कोई बात करनी हो, तो मैं रुक जाऊँ, नहीं तो इस समय मैं मंदिर जाती हूँ।”

गोकुलचंद ने आग्नेय नेत्रों से वीराँ को देखा, “जुबान बहुत खुल गई है।”

“आपने मजबूर न किया होता, तो कभी न खुलती।” वीराँ बोली, “मर्यादा पहले आपने तोड़ी है।”

“अच्छा! अब, आज से तुम कभी मंदिर नहीं जाओगी।”

“क्यों?”

“मेरी इच्छा।”

“आपकी इच्छा का कोई कारण भी है?”

“मंदिर में भले लोग नहीं होते।” गोकुलचंद बोले, “ये सारे पंडे-पुजारी लुच्चे-लफंगे होते हैं। मंदिरों में साधु बनकर बैठ जाते हैं और औरतों को बहकाते हैं।”

वीराँ के मन में ज्वार उठा। मन हुआ कि कहे कि क्या गंगा और कल्याणी को किसी ने मंदिर में बहकाया था? बहकने वाली औरतों को बहकाने वाले कहीं भी बहका लेते हैं। पर, उसने स्वयं को रोक लिया। क्या लाभ उन्हें उत्तेजित करने का। वे सह नहीं पाएँगे।

“मेरी उम्र अब वह नहीं रही, जिसे कोई बहकाना चाहे।” वीराँ का स्वर नियंत्रित था, “और फिर मैं मंदिर में भगवान के पास जाती हूँ, पंडे-पुजारियों के पास नहीं।”

“भगवान सर्वव्यापी हैं।” गोकुलचंद बोले, “वे तुम्हारे घर में भी उतने ही उपस्थित हैं, जितने किसी मंदिर में। अपने घर में रहकर भी उसे याद किया जा सकता है। कभी किसी मुसलमान औरत को भी देखा है, मस्जिद में जाते? वे लोग घर में ही नमाज पढ़ लेती हैं।”

“अपने मुसलमान मित्रों से बहुत-कुछ सीख लिया आपने।”

गोकुलचंद ने ध्यान से वीराँ के चेहरे को देखा; क्या कहना चाहती है? पर उसका चेहरा निर्विकार था और आँखों में वही चिरपरिचित शून्य ...

क्या सीखा है उन्होंने अपने मुसलमान मित्रों से? क्या उसका संकेत बहुपत्नीत्व की ओर था?

"क्या सीखा है मैंने मुसलमानों से?" उन्होंने तेज स्वर में पूछा।

"यही कि भगवान सर्वव्यापी हैं। स्त्रियों को वे उनके घर में आकर मिलते हैं, पर पुरुषों को उन्हें खोजने के लिए मंदिर जाना पड़ता है।"

गोकुलचंद खीज उठे – यह औरत बिना कुछ समझे-बूझे अपनी मूर्खता में यह सब बक रही है या समझ-बूझकर सचमुच उन पर व्यंग्य कर रही है? ...

"खैर, अब से तुम कभी भी मंदिर नहीं जाओगी।" गोकुलचंद उठ खड़े हुए।

"घर पर भगवान का भजन कर सकती हूँ, या वह भी मना है?"

"हाँ! घर में भगवान का भजन कर लिया करो।" गोकुलचंद का स्वर कठोर हो गया था, "मैं नास्तिक नहीं हूँ।"

गोकुलचंद नीचे जाने वाली सीढ़ियों की ओर मुड़े।

"आप नाश्ता नहीं करेंगे?" वीराँ ने पूछा।

"नहीं।"

"कब लौटेंगे?"

"जब मेरा मन करेगा।"

गोकुलचंद के जाते ही तीनों बच्चे माँ के पास आ गए। वे तीनों ही एकटक माँ की ओर देख रहे थे। बोल कोई भी नहीं रहा था।

"जा, नीचे का दरवाजा बंद कर आ।" वीराँ ने सालिगराम की ओर देखा।

"माँ, तुम मंदिर नहीं जाओगी?" कमला ने पूछा।

"नहीं! तुम्हारे पिता जी मना कर गए हैं।"

वीराँ उठकर सोने के कमरे में आ गई। कमला और जुगल भी उसके पीछे-पीछे वहीं आ गए। सालिगराम भी नीचे का दरवाजा बंद कर उन्हीं से आ मिला।

"माँ! पिता जी क्यों आए हैं?" अंत में सालिगराम ने पूछा।

"कोई बहाना ढूँढ़कर माँ को पीटने के लिए।" जुगल जैसे अपने आपसे बोला।

वीराँ ने सिर उठाकर जुगल को देखा, यह बच्चा अपनी उम्र से अधिक समझने लगा है और उतना ही निर्भीक भी है। बड़े दोनों के मन में यह बात आई

भी होती, तो वे इन शब्दों को अपनी जीभ पर लाने का साहस न करते। पर कहीं अपने बाप के सामने भी यह दुस्साहस न कर बैठे। ...

"नहीं बेटा! वे अपने किसी सरकारी काम से आए हैं।" वह रुकी, "जाओ, जब तक तुम्हारे पिता जी नहीं आते, कुछ पढ़-लिख लो।" वीराँ ने बच्चों को पुचकारा। उसे तीनों बच्चे ही थोड़ा-बहुत सहमे हुए लग रहे थे।

बच्चे दूसरे कमरे में चले गए, तो वीराँ अकेली हो गई। उसके मन का प्रश्न उसके सामने आ खड़ा हुआ, "क्या है गोकुलचंद के मन में? आखिर क्या चाहते हैं वे?"

उसने गोकुलचंद पर अपना अधिकार उसी दिन समाप्त मान लिया था, जिस दिन वे कल्याणी को घर ले आए थे। गंगा से मुक्ति पाने का प्रयत्न उसने किया था, कल्याणी के लिए तो उसने वह भी नहीं किया। उसने स्वीकार कर लिया था कि गोकुलचंद अब उसके नहीं हो सकते। यदि किसी प्रकार कल्याणी को छोड़ भी देंगे, तो किसी और को ले आएँगे। अब वे वीराँ के नहीं हो सकते। वीराँ के तो अब ये बच्चे ही हैं। ये ही उसका वर्तमान हैं, ये ही उसका भविष्य हैं।

और जिस दिन वे उसे और बच्चों को स्यालकोट में छोड़कर स्वयं रावलपिंडी चले गए थे, उस दिन से उसने अपने मन में अपना संबंध भी समाप्त ही मान लिया था। सामाजिक संबंध वह नहीं तोड़ सकती थी। उनके परस्पर संबंध कैसे भी क्यों न हों – वह उनके साथ रहे, न रहे, स्यालकोट में उनके घर में रहे, या डिंगीं में अपने मायके में – वह उन्हीं की पत्नी कहलाएगी। उसका दूसरा कोई सामाजिक परिचय हो ही नहीं सकता। ... और फिर अभी तो उसे अपने बच्चे पालने हैं। बच्चों के पिता वे ही हैं। बच्चे उन्हीं के मकान में रहते हैं, उन्हीं के भेजे हुए दस रुपए मासिक में उनका गुज़ारा चलता है। यह संबंध तो है ही। ...

वीराँ के मन में हूक उठी, "हे भगवान! मेरे इन बच्चों का पालन-पोषण हो जाए, मैं इस व्यक्ति से कोई संबंध नहीं रखूँगी। ..."

सहसा वीराँ को लगा, उसके मन में सिवाय अपने बच्चों के प्रति ममता के, और कोई भाव नहीं है, कोई इच्छा और कामना नहीं है। उसे अपने प्रति भी कोई ममता नहीं है। एक बार ये बच्चे पल जाएँ, तो इसी व्यक्ति से क्या, उसे किसी व्यक्ति से कुछ लेना-देना नहीं है। उसका मन संसार में किसी वस्तु की ओर आकृष्ट नहीं होता। किसी बात में नहीं रमता। इस संसार में रहते हुए भी वह इस संसार की नहीं है। ...

वह उठी।

मंदिर नहीं जाना है। वे मना कर गए हैं। पर वह क्यों माने उनकी बात? ... उसका विद्रोह उसी क्षण दब गया। अभी तो कुछ नहीं है, तो वे घर में किसी पराए पुरुष को खोजते फिरे हैं। यदि वह उनके आदेश के विरुद्ध मंदिर गई, तो जाने वे कौन-कौन-से आरोप लगाएँ ... अभी वह न तो पूरी तरह से आत्मनिर्भर है और न उनसे पूरी तरह स्वतंत्र। ... जाने वे क्या सोचकर आए हैं और क्या सोचकर उन्होंने यह आरोप लगाया है। हो सकता है कि उनके अपने मन में ही यह संदेह जन्मा हो कि जैसे वे बिना स्त्री के नहीं रह सकते, वीराँ भी बिना पुरुष के नहीं रह सकती होगी। ... या वीराँ की विरक्ति से उनको संतोष न हुआ हो। और वे उसे आतंकित करने चले आए हों। ... या यह भी संभव है कि किसी ने उनके कान में कोई ऐसी बात डाल दी हो। ... या फिर कल्याणी! बहुत संभव है कि कल्याणी को ही अपनी सौत का इस प्रकार निश्चिंत जीवन पसंद न आया हो ... यह हरामजादी कल्याणी .... यदि किसी प्रकार वीराँ इस कल्याणी से निबट सकती!

शाम होते-होते गोकुलचंद लौट आए थे। दिनभर जाने कहाँ भटके थे। स्पष्ट था कि वे रात का खाना घर पर ही खाएँगे। पूछने का कोई अर्थ नहीं था। घर उनका था। मन में किसी के चाहे कुछ हो, किंतु अधिकार की दृष्टि से पत्नी भी भी उन्हीं की थी और बच्चे भी।

सब्जी काटती वीराँ के हाथ रुक गए। पत्नी, पति और पत्नी का अधिकार। एक लंबे अंतराल के पश्चात् उसके पति उसके पास आए थे। आज साथ में कल्याणी भी नहीं थी। वीराँ जानती है कि कल्याणी साथ हो, तो गोकुलचंद पर वीराँ का जादू नहीं चल सकता। किंतु आज कल्याणी साथ नहीं थी। आज यदि वीराँ पत्नी का अधिकार चाहे? ... या पति का मन जीतना चाहे ... उन्हें उनकी पसंद का अच्छा और स्वादिष्ट भोजन खिलाए। सालिगराम को भेजकर बाजार से मांस मँगवा ले। गोकुलचंद को मांस के सामने कोई सब्जी पसंद नहीं है। ... सत्कार से शायद उनका मन कुछ पिघले ...

पर दूसरे ही क्षण वीराँ का मन थम गया। सिर झुकाए कहाँ बगटुट भागा जा रहा है। ... गोकुलचंद गुजारे के लिए, उसे दस रुपए मासिक देते हैं। वह उनके सत्कार में दो-चार रुपए खर्च कर देगी, तो वे उसे कुछ अधिक दे तो नहीं देंगे। ... पता नहीं, उनका मन पिघलेगा भी या नहीं ... और यदि पिघल भी गया,

तो उसका वीराँ को क्या लाभ होगा? वे कल्याणी को तो छोड़ने से रहे। एक रात के लिए वीराँ से प्रसन्न होंगे, तो रात उसके साथ बिता लेंगे। ...

सहसा वीराँ का मन कठोर हो गया। उसे ऐसी कोई इच्छा नहीं है। अपने पति के साथ पत्नी के रूप में रहना और बात है। और पुरुष को जीतने के लिए आत्मसमर्पण करना और बात। वीराँ कंजरी नहीं है कि इस व्यक्ति की ग्राहक के समान आवभगत कर उसका मन प्रसन्न करे। वीराँ को शारीरिक सुख की तो इच्छा ही नहीं है। इस पुरुष के सान्निध्य की तो बिलकुल ही नहीं। ...

वीराँ को लगा, उसने अपने मन को एक नए रूप में देखा है। गोकुलचंद ने ही उसे त्याग नहीं दिया, उसका मन भी उन्हें जाने कबसे त्याग चुका है। अपने बच्चे पालने के लिए, इस पुरुष की सामाजिक और आर्थिक मजबूरी न होती तो शायद उसने उन्हें घर में घुसने ही न दिया होता। ...

उसके मन में जैसे बिजली कौंधी और उसका शरीर सिहर उठा ... वह नहीं चाहेगी, किंतु यदि गोकुलचंद ने ही अपनी आवश्यकता के कारण उसका सान्निध्य चाहा, तो वह क्या करेगी? संसार के प्रत्येक नियम के अनुसार वह उनकी पत्नी है। वह उनके आदेश को टाल नहीं सकती ... पर केवल आर्थिक मजबूरी में पुरुष की इच्छा का पालन ... यह तो कंजरी से भी गई-बीती स्थिति है वीराँ की। ...

गोकुलचंद सारा दिन घूमते रहे थे। स्यालकोट उनका अपना नगर था। नौकरी आरंभ करने से पूर्व का उनका सारा समय यहीं बीता था। न परिचितों और मित्रों की कमी थी, न संबंधियों की। गंगा से संबंध होने के पश्चात् कुछ समय के लिए, उनके मन में संकोच जागा था और उन्हें अपने परिचितों के सामने जाने में हिचक हुई थी। पर उन्होंने इतने समय में भली-भाँति देख लिया था कि संकोच तो उनके अपने संस्कारों का था। एक बार यह संकोच तोड़ दिया, तो वह उनका घरेलू मामला हो गया था। सामाजिक दबाव उनका कुछ नहीं बिगाड़ पाया था। और अब तो उनको लगता है कि सामाजिक दबाव कहीं है ही नहीं। किसी ने उनके साथ अपना संबंध नहीं तोड़ा था। कहीं उनकी उपेक्षा नहीं हुई थी। कहीं उन्हें दुत्कारा नहीं गया था। बस एक बार साहस करने की बात थी, या फिर आर्थिक सामर्थ्य की। मुसलमानों में तो बहुपत्नीत्व मान्य था ही। हिंदुओं में भी, जिसके पास सामर्थ्य था, उसकी दूसरी पत्नी नहीं तो एक रखैल अवश्य थी। घर में हो या रूप के हाट में। ...

अब तो वे स्यालकोट आते थे तो सायास सबसे मिलते थे। उन्होंने अपने सुख के लिए, दूसरी स्त्री रख ली थी, तो कौन-सा अपराध कर दिया था? वे क्यों किसी से मुँह छिपाएँ। जिसका जितना बस चलता है, वह अपने सुख के लिए, कोई न कोई प्रबंध कर लेता है। भाई मथुरादास जी ने क्या नहीं किया? छोटा भाई किशनदास और गोकुलचंद तब छोटे थे। उन्हें उतनी समझ नहीं थी। पिता जी का देहांत हुआ तो दोनों ही बाहर अपनी-अपनी नौकरी पर थे। पर इन मथुरादास ने पिता जी की सारी दुकान सँभाल ली। नकद, सोना और दुकान का माल – सारा कुछ उन्हीं के पास था। किसी को कोई हिसाब न मिल पाए, इसलिए दुकान का माल इधर-उधर कर दुकान बंद कर दी। उसी पैसे से ब्याज का काम करने लगे। गोकुलचंद क्या जानते थे कि भाई के मन में क्या था। दुनियादारी से तब तक उनका कोई परिचय नहीं था। यही जानते थे कि हर बड़ा भाई राम होता है। छोटे भाइयों को लक्ष्मण बनकर ही रहना चाहिए।

उन्हीं दिनों, बड़े साहब पर अपने प्रभाव से गोकुलचंद ने कुछ बड़े ठेके दिलाने में कुछ लोगों की सहायता की थी। ठेकेदारों से अपना हिस्सा उन्होंने पहले ही ले लिया था। हाथ में नया-नया पैसा आया था। नहीं जानते थे कि उसे कहाँ सुरक्षित रखा जा सकता है। ऐसे में जायदाद बनाने की धुन सवार हुई थी। स्वयं तो कोई अनुभव था नहीं, सोचा, भाई मथुरादास बहुधा रुपया देते हुए, लोगों के मकान बंधक रखते हैं। उन्हें अनुभव है। गोकुलचंद ने उन्हें ही रुपए भेज दिए थे और लिख दिया था कि अवसर मिलते ही कोई ठीक-ठाक-सा मकान उनके लिए खरीद लें। भाई मथुरादास का पत्र आया था कि रुपए तो उनको मिल गए हैं, पर उतने रुपयों में मकान नहीं खरीदा जा सकता। वैसे भी पीछे घर का खर्च काफी था। माँ उन्हीं के पास थीं। कभी-कभी वीराँ भी आकर घर पर रहती ही थी, इसलिए गोकुलचंद को चाहिए कि घर के खर्च के लिए हर महीने कुछ रुपए भेजे। फिर मकान भी पुराना हो गया था। जगह-जगह से टूट रहा था। उसकी मरम्मत भी आवश्यक थी। एक तो वह पूर्वजों की निशानी थी और फिर उसमें रहना भी था। वह मकान अकेले मथुरादास का ही तो नहीं था। उसमें तीनों भाइयों का हिस्सा था। कल जब वे लोग अपनी नौकरियों से वापस लौटेंगे, तो आकर इसी मकान में रहेंगे। इसलिए गोकुलचंद नया मकान खरीदने की बात न करे। पुराने मकान की मरम्मत के लिए ही पैसे भेजे।

गोकुलचंद को अपने पुश्तैनी मकान का ध्यान था। पर वे जानते थे कि मकान बहुत पुराने ढंग का बना हुआ था। चौड़ी-चौड़ी मजबूत दीवारें थीं और सब ओर से बंद और अँधेरा था। जाकर उस घर में रहना गोकुलचंद को पसंद नहीं था। नौकरी पर बाहर उन्हें छोटे पर खुले घरों में रहने की आदत पड़ गई थी। इसलिए उन्होंने भाई को लिखा कि वे घर की मरम्मत के लिए और रुपए भेज देंगे, पर इन रुपयों से वे उनके लिए एक साफ-सुथरा-सा मकान अवश्य खरीद लें। मथुरादास ने कोई उत्तर नहीं दिया, तो गोकुलचंद ने मान लिया कि वे उनसे सहमत हो गए हैं। उन्होंने कुछ रुपए तो मासिक बाँध ही दिए थे, समय-समय पर कुछ अतिरिक्त रुपए भी भेजते रहे।

जब वे लौटकर घर आए, तो उन्होंने देखा कि पुराने मकान की कोई मरम्मत नहीं हुई थी। पूछने पर मथुरादास ने उत्तर दिया कि खर्च के बाद इतने रुपए ही नहीं बचे कि मकान की मरम्मत हो सकती। न ही मकान खरीदने के लिए पैसे थे। पर आस-पड़ोस से यह पता लगाने में गोकुलचंद को तनिक भी कठिनाई नहीं हुई कि मथुरादास ने हाल ही में एक मकान खरीदा है।

जब गोकुलचंद ने भाई से कहा तो मथुरादास ने उत्तर दिया, वह मकान उसने अपने पैसों से खरीदा है। गोकुलचंद इतना कमाता ही कहाँ है कि मकान खरीदने के लिए पैसे भेज सके। किंतु संयोग से ही गोकुलचंद ने अपने भाई के पत्र सँभालकर रखे हुए थे। उन पत्रों के आधार पर मथुरादास यह तो मान गया कि गोकुलचंद ने पैसे भेजे थे। किंतु मकान गोकुलचंद को देने से उसने साफ मना कर दिया। उसने धमकी दी कि गोकुलचंद अधिक शोर मचाएगा, तो वह प्रकट कर देगा कि गोकुलचंद ने रिश्वत ली है। गोकुलचंद को मकान तो नहीं ही मिलेगा, उलटे वह जेल जाएगा। गोकुलचंद ने तब भी हार नहीं मानी। उन्होंने भाई को साफ-साफ बता दिया कि वे रिश्वत लेने के अपराध में जेल जाएँगे, तो मथुरादास गबन के अपराध में। और यदि वह गबन खुला, तो मथुरादास के अन्य अनेक गबन भी खुलेंगे। गोकुलचंद अपने पिता की संपत्ति का भी हिसाब माँगेंगे।

दबाव में आकर मथुरादास ने मकान का कब्जा तो दे दिया, किंतु रजिस्ट्री अभी उन्हीं के नाम पर थी।

गोकुलचंद ने मकान का कब्जा ले लिया। मकान विशेष बड़ा नहीं था, पर उसकी स्थिति अच्छी थी। जिस पहाड़ी पर स्यालकोट का किला स्थित था, ठीक उसी के सामने यह ट्रंकों वाला बाजार था। बाजार के साथ ही लगती गली थी।

किसी समय यहाँ किसी डिप्टी का बाग रहा होगा, जिसके नाम पर इसे मुहल्ला डिप्टी का बाग कहा जाता था। अब बाग तो कहीं था नहीं, किंतु नाम वही चल रहा था। इस गली में यह पहला ही मकान था। दरवाजा गली में खुलता था और कूचेदानी पार करते ही बाजार आ जाता था।

गोकुलचंद ने उस पर कुछ और पैसा लगाकर उसको रहने लायक बना लिया था। मकान की तीन मंजिलें थीं और तीनों का एक ही सा नक्शा था। सामने की ओर बैठक थी और पीछे की ओर सोने का कमरा। नीचे की मंजिल में बीच में आँगन था और ऊपर की दोनों मंजिलों में झरोखा, जिसे वे लोग मग्गा कहते थे। आवश्यकता पड़ने पर वह खोला और बंद किया जा सकता था। गुसलखाना और शौचालय केवल नीचे की मंजिल में ही थे। ऊपर सोने के कमरे के साथ एक-एक रसोई थी। नीचे की मंजिल में धूप कम ही पहुँचती थी, इसलिए सोने के कमरे और आँगन में काफी सीलन थी। उसमें पुराना सामान ही रखा जाता था। पहली मंजिल पर आजकल वीराँ बच्चों के साथ रह रही थी। दूसरी मंजिल खाली ही पड़ी थी।

गोकुलचंद आज भी मथुरादास के पास गए थे, पर वह अपनी बात पर अड़ा हुआ था कि यदि गोकुलचंद पुश्तैनी मकान में से अपना हिस्सा छोड़ दे, तो वह यह मकान उसके नाम रजिस्ट्री करा देगा। गोकुलचंद ने कुछ और लोगों को भी बीच में डाला था, पर कोई लाभ नहीं हुआ था। लगता था, किसी समय मथुरादास से जमकर लड़ाई होगी।

पर यहाँ आकर यह एक और झंझट गले पड़ गया था। गोकुलचंद जब यहाँ आए तो उन्हें लगा था, जैसे ऊपर से किसी पुरुष का दबा-दबा-सा स्वर आ रहा है। तभी उन्होंने धड़ाधड़ दरवाजा पीटा था। दरवाजा खुलवाने में वीराँ ने काफी देर लगाई थी। उनका संदेह और भी पक्का हो गया था। ऐसा कैसे हो सकता है कि वीराँ इसी उम्र में भक्तिन बन बैठी हो और उसके जीवन में कोई पुरुष ही न हो। सत्ताईस-अट्ठाईस वर्ष से अधिक उसकी वय नहीं होगी। कमला अभी दस वर्षों ही की है। अभी तो पहाड़ जैसा जीवन पड़ा था वीराँ का। क्या सचमुच उसके जीवन में कोई दूसरा पुरुष नहीं है? खोजने पर कोई मिला तो नहीं था। गोकुलचंद ने सारा घर देखा था। नीचे उतरने का एक ही रास्ता था। यदि सचमुच कोई पुरुष था, तो कहाँ गया वह? हाँ! एक मार्ग और है, जिसकी ओर सुबह गोकुलचंद का ध्यान नहीं गया था। यदि वह पुरुष ऊपर चढ़ गया हो, तो

छत के साथ के मकान की छत पर उतर गया हो सकता है। पर है वह जोखिम का काम। दिन-दहाड़े लोगों की छतें टापी नहीं जा सकतीं। फिर यदि कोई होता, तो बच्चों से छिपा नहीं रह सकता। बच्चों को पता होता तो वे उसे छिपा नहीं पाते। कम से कम सालिगराम तो बक ही देता।

आज सारे शहर का चक्कर मारा है उन्होंने। इतने लोगों से मिले हैं। पर वीराँ के विषय में किसी ने एक शब्द भी नहीं कहा था। यदि कोई बात होती, तो कहीं तो कोई भनक मिलती। ... तो फिर गोकुलचंद को ही ऐसा वहम क्यों हुआ? क्या वह उनके अपने ही मन का चोर था? ... वैसे यदि कोई पुरुष है भी, तो गोकुलचंद को क्या आपत्ति है? वे वीराँ को त्याग चुके हैं। ...

गोकुलचंद को लगा, इस विचार मात्र से ही उनका सारा रक्त उफनने लगता है। वे वीराँ को त्याग चुके हैं तो क्या? दुनिया जानती है कि वह उनकी पत्नी है। उनकी पत्नी का किसी अन्य पुरुष से संबंध हो जाए, यह वे कैसे सहन करेंगे ...

कमला उनके लिए थाली में खाना ले आई थी।

गोकुलचंद के मन में आया, वे कमला को प्यार से अपने पास बैठा लें। उसके सिर पर हाथ फेरें। उससे पूछें, वह कैसी है? कमला उनकी पहली संतान है – वह भी बेटी। कितनी ममता थी उनके मन में अपनी इस बेटी के लिए। ...

"पिता जी! खाना।"

गोकुलचंद ने ध्यान से कमला को देखा : उसके चेहरे पर वीराँ की स्पष्ट छाप थी। जैसे उन आँखों में से स्वयं वीराँ ही झाँक रही हो। उसके चेहरे पर कठोरता की वही मुद्रा थी, जो वीराँ के चेहरे पर मुखौटे के समान चिपक गई है। ...

गोकुलचंद का प्यार भरा हाथ उठते-उठते रह गया, ये सब वीराँ के बच्चे हैं। ... इनके प्रति तनिक-सी भी कोमलता दिखाने पर, वे वीराँ के प्रति कठोर नहीं रह पाएँगे। ... और वीराँ तथा कल्याणी, दोनों उन्हें एक-साथ नहीं मिल सकतीं।

खाना साधारण था – एक दाल और एक सब्जी। न दही था, न तरीदार सब्जी और न कुछ मीठा। वीराँ ने पापड़, अचार या प्याज इत्यादि भी कुछ नहीं रखा था। उसने जान-बूझकर किया होगा, यह सब! गोकुलचंद समझते हैं वीराँ को। उसकी जैसी हठी स्त्री का मिलना कठिन ही है। चाहे कितना कष्ट सहे, कितनी कठिनाई में रहे, पर जरा-सा नम जाना, झुक जाना, उसने नहीं

सीखा है। ... नहीं तो क्या नहीं है वीराँ में? लंबी ऊँची जवान स्त्री है। रंग गोरा है, नयन-नक्श सुंदर हैं ... पर चेहरे की वह कठोरता और आँखों का वह शून्य! ऐसी स्त्री किसी पुरुष का मन नहीं मोह सकती।

कमला एक बार आकर पूछ गई कि उन्हें कुछ और तो नहीं चाहिए और दूसरी बार आकर बरतन उठा ले गई। वीराँ एक बार भी नहीं आई। न सालिगराम और जुगल ही दिखाई दिए। संभव है, उन्हीं के भय से दूसरे कमरे में दुबके बैठे हों। और यह भी संभव था कि वीराँ ने ही उन्हें मना कर दिया हो। गोकुलचंद स्वयं अपने मन को समझ नहीं पा रहे थे। एक ओर तो वे प्रसन्न थे कि वीराँ और बच्चों पर उनका इतना आतंक था कि वे उनके सामने आने से भी भय खाते थे और दूसरी ओर उन्हें लग रहा था कि वे उनसे इतने भी आतंकित नहीं थे कि उनके सम्मुख उपस्थित रहने को बाध्य होते। इस आतंक में उन्हें अपनी उपेक्षा का आभास मिल रहा था। ...

थोड़ी देर में सालिगराम आया, "माँ पूछ रही हैं कि आप कहाँ सोएँगे?"

"तुम लोग कहाँ सोते हो?"

"ऊपर छत पर।"

"मैं कमरे में सोऊँगा।"

सालिगराम उलटे पाँव लौट गया।

गोकुलचंद सोने गए तो सोच रहे थे, शायद बच्चों को सुलाकर वीराँ उनके पास आए। शायद वह उनको लुभाने का प्रयत्न करे। अपने मन में वे पूरा निश्चय कर चुके थे कि वे उसे दुत्कार देंगे; किंतु उसे दुत्कारने का सुख वे प्राप्त करना चाहते थे। उसके हठी, काठ-से कठोर चेहरे पर एक बार हताशा का भाव देखने का सुख ... पर वीराँ नहीं आई। गोकुलचंद बहुत देर तक प्रतीक्षा करते रहे। ... जैसे-जैसे प्रतीक्षा की अवधि लंबी होती जाती थी, गोकुलचंद के हृदय की जलन तीव्रतर होती जाती थी। उन्होंने वीराँ को त्यागा था, वे उसे यह अधिकार नहीं दे सकते कि वह भी उन्हें त्याग दे। वह अपने व्यवहार से स्पष्ट जता रही थी कि गोकुलचंद ने उसे जितना त्यागा है, उससे अधिक वह उन्हें त्याग चुकी थी। वे वीराँ को इस सुख का भोग करने नहीं देंगे। वे वीराँ को स्वतंत्र, निश्चिंत और आत्मनिर्भर जीवन नहीं जीने देंगे। उसे संतुष्ट देखने की यातना वे नहीं भोगेंगे। वीराँ को ही यातना भोगनी होगी। ...

सवेरे का नाश्ता देने के लिए वीराँ स्वयं उनके पास आई। तब तक दोनों लड़के स्कूल जा चुके थे। कमला ऊपर छत पर कपड़े सुखा रही थी।

गोकुलचंद ने देखा : बच्चों के उपलब्ध न होने की मजबूरी में वह नाश्ता लाई है, या कमला को ऊपर भेज देना बहाना मात्र है?

उसने थाली सामने रख दी और स्वयं भी बैठ गई।

"कुछ कहना है?"

वीराँ ने सिर हिलाया, "सालिगराम अकसर आँखों की तकलीफ की शिकायत करता है। उसके कुकरे फूल जाते हैं और बच्चा बहुत कष्ट पाता है।"

"ते इलाज करवाओ।"

"गली के हकीम को तो दिखाया था। उन्होंने एक सुरमा दिया था, पर उससे कोई लाभ नहीं हुआ। अंग्रेजी डॉक्टर को दिखाने के लिए पैसे ..." वीराँ का स्वर धीमा था, "अस्पताल दूर है, कौन ले जाए।"

"तुम ले जाओ। और कौन ले जाएगा?" गोकुलचंद का स्वर कठोर था, "बच्चा तुम्हारे पास रहेगा तो इलाज भी तुम ही करवाओगी।"

वीराँ अपनी आँखों में शून्य लिए गोकुलचंद को देखती रही, यह व्यक्ति अपनी पत्नी को परेशान करने के लिए, अपने बच्चों के प्रति भी कितना कठोर हो गया है।

"किशनदास कह रहा था, यदि सालिगराम को ऐनक ...।"

"किशनदास पागल है।" गोकुलचंद ने उसकी बात बीच में ही काट दी, "वह सदा से अंग्रेजी इलाज का दीवाना है। इतने-से बच्चे को खोपे चढ़ाने की क्या आवश्यकता है? बच्चा है, कोल्हू का बैल तो नहीं कि खोपे चढ़ाए घूमता रहे।"

वीराँ तत्काल नहीं बोली। छोटे-से मौन के पश्चात् धीमे स्वर में बोली, "आँखों का मामला है। इलाज न हुआ तो बच्चे की आँखें बिगड़ जाएँगी।"

"आँखें क्यों बिगड़ जाएँगी।" गोकुलचंद के स्वर में क्रोध था, "कुकरे सूजें तो बोरक से धोया करो। ..." वे रुककर वीराँ को घूरते रहे, "तुम यदि समझती हो कि बच्चे की आँखों का भय दिखाकर मुझसे रुपए ऐंठ लोगी, तो इतना बुद्धू मैं नहीं हूँ। यदि सालिगराम की आँखों का इलाज मुझे ही कराना है, तो जब वह मेरे पास आएगा, मैं स्वयं करा लूँगा।"

वीराँ ने उनकी ओर देखा तो उसका चेहरा वैसा ही कठोर था, उस पर तनिक भी दीनता नहीं थी, "जैसी आपकी इच्छा।"

वह उठने लगी तो गोकुलचंद बोले, "मैं दोपहर की गाड़ी से जा रहा हूँ।"

वीराँ ने उनकी ओर देखा, जैसे कह रही हो, सुन लिया है। पर मुख से कुछ भी नहीं बोली।

वीराँ की देवरानी कृष्णा उससे मिलने आई। गले लगकर उसने रामसत की; और पीढ़ी पर बैठ गई, "बहन! कई दिनों से मंदिर में दिखाई नहीं दी।"

"पीछे एक दिन तेरे जेठ आए थे ...।"

"हाँ! ये कह रहे थे कि भाई साहब आए थे।" कृष्णा ने बात बीच में ही काट दी, "इनसे भी मिले थे और बड़े भाई साहब से भी। ये कह रहे थे, तुम्हारे बारे में पूछ-पड़ताल कर रहे थे। कहाँ जाती है, कौन-कौन मिलने आता है?"

वीराँ कृष्णा को देखती रही। कुछ बोली नहीं।

"सुना है, मकान को लेकर भी बड़े भाई साहब के साथ झगड़ा हुआ है।" वह रुक कर वीराँ को देखने लगी, जैसे अपनी बात की पुष्टि चाहती हो।

"मुझे कुछ मालूम नहीं है।" वीराँ ने धीमे किंतु स्पष्ट शब्दों में कहा, "वे मुझसे कोई बात नहीं करते, न मैं उनसे पूछती हूँ। जब वे मुझे अपनी घरवाली ही नहीं मानते, तो क्यों व्यर्थ ही अपने को उनकी कुछ समझूँ। ..."

"नहीं! ऐसी तो बात नहीं है बहन।" कृष्णा बोली, "बड़ी पत्नी तो तुम ही हो। अभी तो छोटी का कोई बच्चा भी नहीं हुआ। हो भी जाए तो छोटा ही रहेगा ...।"

"जो मैं हूँ, उसे मैं समझती हूँ।" वीराँ निर्विकार भाव से बोली, "सच है कृष्णा कि मुझे अब किसी बात की इच्छा भी नहीं है। ये बच्चे पालने का धर्म भगवान ने न सौंप दिया होता, तो मैं अब तक हरिद्वार चली गई होती।"

"तुम्हारी ओर से उन्हें अपनी ओर खींचने का कोई प्रयत्न नहीं है?"

"नहीं।" वीराँ का चेहरा निश्चिंत तथा स्वर आश्वस्त था, "कभी-कभी सोचती हूँ तो लगता है, भगवान ने अच्छा ही किया कि जल्दी ही इस व्यक्ति से मुझे मुक्ति दिला दी। ऐसे भोगी आदमी के साथ जीना मेरे लिए कठिन ही था। ..."

कृष्णा कुछ नहीं बोली।

"अकेली रहकर ही सुखी हूँ। साथ रहने का क्लेश तो नहीं है न।" वीराँ जैसे अपने आपसे कहती जा रही थी, "पर लोग मुझे परित्यक्ता मानकर दया करते हैं। पति सम्मान न दे तो समाज भी सम्मान नहीं देता। उसकी भी कोई बात नहीं,

पर बच्चों को लेकर कष्ट में हूँ। सालिगराम की आँखों की तकलीफ ... और कल कमला का ब्याह भी करना होगा। पता नहीं, यह आदमी तब भी कोई सहारा देगा या नहीं?"

"सहारा क्यों नहीं देंगे?" कृष्णा ने सांत्वना देने के-से स्वर में कहा, "झगड़ा है तो तुमसे है, बेटी से क्या विरोध! लोग गली-मुहल्ले, जात-बिरादरी की लड़कियों के ब्याह के लिए जा खड़े होते हैं, कमला तो उनकी अपनी बेटी है।"

"देखो," वीराँ का स्वर वैसा ही निराश था, "अभी तो वह मेरे साथ-साथ मेरे बच्चों को भी अपना वैरी समझे बैठा है। मुझे तंग करने के लिए, अपने बच्चों को भी तंग कर रहा है। पहले तो यहाँ छोड़ गया कि दुःखी हो-होकर मैं उसकी चौखट पर सिर पटकूँ। पर जब मैं रोने उसके द्वार पर नहीं गई, तो यहाँ आकर पूछने लगा कि तेरे पास कौन आता है ... " वीराँ की आवाज कुछ भारी हो आई थी।

"तुमसे पूछा भाई साहब ने?"

"हाँ! पूछा क्या, घूम-घूमकर सारा घर देखा। कमरा-कमरा छान मारा।"

"तुमने क्या कहा?"

"क्या कहती मैं? कह दिया कि मैं कल्याणी नहीं हूँ।"

"यह बड़ा दोष है भाई साहब में।"

"कौन-सा दोष नहीं उसमें?" वीराँ क्रुद्ध स्वर में बोली, "किसी की शांति उससे देखी ही नहीं जाती। अब वहाँ जाकर पत्र लिख दिया कि गर्मी की छुट्टियों में बच्चों को लेकर रावलपिंडी आ जाओ।"

"तो बुरा क्या है? बुला रहे हैं तो चली जाओ।" कृष्णा बोली, "इसका अर्थ है कि उन्होंने तुम्हें अभी पूरी तरह छोड़ा नहीं है।"

"इसी का तो दुःख है मुझे।" वीराँ बोली, "न अपनी मानता है, न पराई। क्या करूँ मैं अपने इस जीवन का?"

कृष्णा उसे देखती ही रह गई।

ईशरदास की वसीयत

ईशरदास मंडी गए थे, शाक-भाजी लाने।

लौटे तो थैले में आलू, प्याज़, टमाटर तो थे ही; साथ ही माथे पर एक डरावना-सा गूमड़ भी उभर आया था। दोनों घुटने छिले हुए थे। पाजामा फट गया था। ऐनक टूट गई थी। सिर जैसे चक्कर खा रहा था और सारा शरीर घबराहट के मारे काँप रहा था।

दमयंती ने देखा तो घबरा गई।

"यह क्या कर आए?"

"शाक-भाजी ले आया हूँ।"

"मैं पूछ रही हूँ, माथे पर क्या है?"

"आलू नहीं है तो टमाटर होगा।" ईशरदास बोले।

दमयंती ने माथा पीट लिया, "शाक-भाजी तो मैं घर बैठी, ठेली वाले से भी ले लेती। माथे पर गूमड़ तो नहीं पड़ता। ... कहीं गिर पड़े थे क्या?"

ईशरदास आकर चारपाई पर ढह गए, "अब गिर पड़ा तो क्या करूँ? उठकर घर तक तो आ ही गया हूँ। .... जमीन पर पड़ा गूमड़ इस टूटी ऐनक से दिखाई ही नहीं दिया, नहीं तो उस हरामी को क्यों अपने माथे से चिपकने देता? ...." और सहसा उनका स्वर बदल गया, "मेरा दिल घबरा रहा है। जाने का समय आ गया क्या?"

"पिता जी, अब आप शाक-भाजी के लिए मंडी मत जाया कीजिए।" बहू ने बड़े दुलार से कहा, "अब आपकी वह अवस्था नहीं रही। गिरते-पड़ते रहेंगे, तो किसी दिन कोई बड़ा हादसा हो जाएगा।"

"तुम थैला मत पकड़ाया करो, मैं मंडी नहीं जाऊँगा।" वे रुके, "मैं कब मंडी जाता हूँ; वह तो तुम्हारा थैला ही है, जो मुझे ठेल-ठालकर ले जाता है।"

"तो अम्माँ से कहिए कि आसपास से फल-सब्ज़ी खरीदने को न वे मेरा आलस कहकर अपनी सखियों में प्रचारित किया करें और न उसे मेरी फजूलखर्ची बताया करें। जानती हूँ, थोड़े पैसे अधिक खर्च हो जाएँगे, पर माथे पर गूमड़ तो नहीं पड़ेगा न।"

"मैं क्या कहती हूँ?" दमयंती भड़क उठी, "यही तो कि जहाँ दो पैसे बचा सको, बचाओ। तुम्हारे ही बच्चों के काम आएँगे। मैं छाती पर धरकर तो नहीं ले जाऊँगी। ... मैं यह तो नहीं कहती कि ससुर को थैला देकर मंडी भेजो और उससे सब्ज़ी में जो पैसे बचें, वे डाक्टर को भेंट कर दो। पायजामा भी फट गया है। ऐनक भी टूट गई है। उनका खर्च अलग।"

"अब आपसे कौन सिर मारे।" बहू अपने कमरे में चली गई, "बुढ़िया का माथा ही ठिकाने नहीं है।"

जाने क्यों, ईशरदास को लगने लगा कि ये सारे लक्षण अब जाल समेटने के हैं। .... बाहर निकलेंगे तो कभी पैर में ठोकर लग जाएगी, कभी कोई साइकिल वाला टकरा जाएगा, कभी फुटपाथ आड़े आ जाएगा। कभी आँखों के सामने अँधेरा छा जाएगा। कभी सिर वैसे ही घूम जाएगा और वे लड़खड़ाकर गिर पड़ेंगे। ... वे सारा दिन चारपाई पर पड़े ब्रेन हैमरेज, हार्ट अटैक, सिर फटने, हड्डियाँ टूटने, चोट खाने और पट्टियाँ बँधवाने के ही दृश्ये देखते रहे। यदि कूल्हे की हड्डी टूट गई तो यह भी संभव है कि वे पट्टी बँधवाने के लिए डाक्टर के पास जाने योग्य भी न रहें। कौन ले जाएगा अस्पताल? एंबुलेंस कौन बुलाएगा? ... जैसे बहू ने कहा है, वैसे ही बेटा भी कहेगा, आप बाहर जाते ही क्यों हैं? चैन से घर में पड़े नहीं रह सकते? हम अपना काम-धंधा देखें या आपकी पट्टियाँ ही करवाते रहें? लोगों के घरों में वृद्ध काम में हाथ बँटाते हैं। और कुछ नहीं तो बच्चों को ही सँभालते हैं ... हमारे घर के वृद्ध हमें डाक्टरों के पास दौड़ाने और अस्पतालों में टक्करें मारने का प्रबंध करते रहते हैं।

"ऐसे जीवन नहीं चलता ईशरदास।" उनकी आत्मा पुकार रही थी।

अब उनका कोई भविष्य नहीं है। आगे कुछ भी अच्छा होने वाला नहीं है। व्यक्ति जीवन जीता है तो जीवन के अंतिम अध्याय में बुढ़ापा भी झेलता है। वह जिया नहीं जाता, झेला ही जाता है। ... वे वही झेल रहे हैं। भविष्य में कुछ नहीं धरा। अतीत की स्मृतियाँ ही उनकी पूँजी हैं। बैठे उसे ही याद करते रहें। ...

वे जैसे किसी गहन स्वप्न में डूब गए। ... अतीत अर्थात् सत्या। ... उसे ही स्मरण करना होगा। जितने दिन उसके साथ बीते, वही जीवन था। ... और उनके अतीत में क्या धरा है ... जैसे किसी बच्चे को कोई मोहक खिलौना देकर, छीन लिया गया हो।

तब ईशरदास बूढ़े नहीं थे। व्यक्ति बूढ़ा पैदा नहीं होता। जीवन उसे बूढ़ा कर देता है। तब वे सूट पहनते थे, टाई बाँधते थे, तेज़ी से चुस्त और स्मार्ट लोगों के समान चलते थे। तेज़-तर्रार आवाज़ में बोलते थे। ...

कॉलेज की नौकरी करते हुए दो साल हुए थे कि सत्या मिल गई। वह बड़ी तेज़ी से उनकी ओर बढ़ी। छह महीनों में उन्होंने विवाह कर लिया। तब वे थैला लेकर घिसटते हुए मंडी नहीं जाते थे। उनको ओर सत्या ... दोनों को ही बाहर जाने और बाहर ही खाने का शौक था। बाहर निकलते तो उसी चक्कर में घर का सामान भी खरीद लाते थे। ...

सुधीर के जन्म के बाद तो उसे भी प्रैम्यूलेटर में डालकर साथ ले जाते थे। लौटते हुए सुधीर गोद में होता था और प्रैम घर के सामान से लदी होती थी।

तीन साल अच्छे बीते और फिर गुड़िया का जन्म हो गया। गुड़िया के जन्म के बाद ईशरदास को लगा कि सत्या के हारमोन बदलने लगे थे। उसका रस कुछ सूखने लगा था। उसका व्यवहार बदलने लगा था। वह नीरस और शुष्क ही नहीं हो गई, बेहद तुनकमिज़ाज और झगड़ालू भी हो गई थी। किसी खूसट बुढ़िया के समान ... उसके सुंदर मुखड़े पर उनके लिए कोई कोमल रेखा नहीं रह गई थी। उनकी समझ में नहीं आया कि उसमें दोष गुड़िया का था, या उनका अपना।

वे सत्या से पूछते रहे; किंतु उसने कभी कोई कारण नहीं बताया।

उनकी खोज जारी रही; किंतु कोई निष्कर्ष नहीं निकला। ... और एक दिन वह उनके नाम एक पत्र लिखकर घर छोड़ गई ... तब उन्हें पता चला कि उन दोनों की जोड़ी सजती नहीं थी। ईशरदास उसके योग्य नहीं थे। वह परियों जैसी सुंदर थी और ईशरदास फुटपाथ पर मिलने वाले साधारण पुरुष थे। हूर और लंगूर वाला किस्सा था। ... पर यह सब उसे पहले दिखाई क्यों नहीं दिया?

अब वे जान पाए थे कि सत्या अनेक पुरुषों के लिए आकर्षण का केंद्र थी ... ईशरदास उसे कभी गुलाब का एक फूल भी भेंट नहीं करते थे और वे पराए पुरुष उसे अच्छी साड़ियाँ, घड़ियाँ और मोबाइल भेंट करते थे। वे उसे गोवा और कश्मीर घुमाना चाहते थे। इंग्लैंड और स्विट्ज़रलैंड ले जाना चाहते थे।

और ईशरदास तो अब कनॉटप्लेस भी नहीं जाना चाहते थे। उसके साथ चलना और लंगूर कहलवाना उन्हें पसंद नहीं था।

वे सब-कुछ देखते रहे; किंतु इसमें उन्हें कोई भावी संकट दिखाई नहीं दिया। संकट उस दिन दिखाई दिया, जब वह अपने दोनों बच्चों का हाथ पकड़कर एक आई.ए.एस. के साथ चली गई; और उनके हाथ में विवाह-विच्छेद के कागज़ आ गए।

ईशरदास के मस्तिष्क को जैसे पक्षाघात खा गया। उनकी समझ में नहीं आ रहा था कि वे क्या करें। एक ओर तो वे स्वयं को अत्यंत अपमानित और वंचित पा रहे थे और दूसरी ओर उनका आत्मसम्मान उन्हें सत्या को मनाने से रोक रहा था। जाती है तो जाए। भाड़ में जाए। जब वह आई.ए.एस. उसको वैसा प्यार नहीं देगा, जैसा कि वे दे रहे हैं तो अपने आप रोती हुई लौट आएगी। उस आई.ए.एस. के भी पहली पत्नी से दो बच्चे हैं। सत्या सँभालेगी चार-चार बच्चों को? खेल नहीं है। बसी-बसाई गृहस्थी को छोड़, उठी और चल दी। मूर्खा कहीं की ...

उन्होंने समझा था कि यह दो-चार दिनों का नाटक है। लौट आएगी अपने आप। पर वह नहीं लौटी। अब वह एक आई.ए.एस. की पत्नी थी। उसकी बड़ी-सी गाड़ी में बच्चों और कुत्ते के साथ घूमती-फिरती थी। कॉलेज भी गाड़ी में ही जाती थी। अपना उपनाम भी बदल लिया था। अब वह श्रीमती मल्होत्रा थी। ... और फिर उस आई.ए.एस. से एक बेटा भी पैदा हो गया था। सिद्धार्थ मल्होत्रा। सत्या को अब ईशरदास की तनिक भी आवश्यकता नहीं रह गई थी।

ईशरदास को उसकी प्रतीक्षा करना व्यर्थ लगा। ... और अब ईशरदास की समझ में यह भी आ रहा था कि स्त्री के बिना जीवन काटना कितना कठिन है। ... घर में कोई बात करने वाला भी चाहिए। अकेले न भोजन बनता है और न खाया जाता है। दिन कट भी जाए तो रात नहीं कटती। ... स्त्री कैसी भी हो, किंतु पुरुष को उस शरीर की आवश्यकता होती है। ... ईशरदास के कुछ परिचितों ने घर का काम करने के लिए कोई नौकरानी रखी और वह रसोई से उनके बिस्तर तक की यात्रा तय कर आई। कुछ लोगों ने तो समाज के सामने विवाह भी कर लिया; कुछ रखैल के रूप में रहीं। अब वह बहुत सम्मानजनक हो गया था। उसे 'लिव-इन' कहते थे।

ईशरदास को लगा, नौकरानी को पत्नी अथवा रखैल बनाने से तो अच्छा था कि वे किसी भले घर की साधारण लड़की से विवाह कर लें। उसमें सत्या

का-सा आकर्षण न खोजें। ज्यादा मीन-मेख में न पड़ें। बाद में जब सुविधा होगी तो वे नौकर या नौकरानी भी रख लेंगे। नौकर और नौकरानी ... यदि सुंदर और स्मार्ट पत्नी ही नौकर के साथ भाग जाए तो? यदि सत्या आई.ए.एस. के साथ भाग सकती है तो दूसरी पत्नी नौकर, ड्राइवर या पड़ोसी के साथ भी भाग सकती है। नौकरानी उनके साथ सह-शयन करे या न करे, उन पर लांछन तो लगा ही सकती है। गर्भ किसी और का ले आए और उनके सिर मढ़ दे तो? उन्हें अपवाद की कालिमा में तो डुबो ही सकती है। नहीं ... उन्हें विवाह ही कर लेना चाहिए। ... पर वे पूर्व-विवाहित थे। उनके दो बच्चे भी थे। यह जानकर उन्हें कौन अपनी बेटी देगा ...

और इस सूचना को वे छिपाएँगे भी कैसे? कॉलेज और विश्वविद्यालय के इतने लोग सत्या के विषय में जानते हैं। ... नहीं, वे कोई नया झमेला नहीं चाहते। ... पर विवाह तो वे करना ही चाहते हैं। ... कोई प्रौढ़ युवती हो, कोई परित्यक्ता हो, कोई विधवा हो। कोई भी हो, किंतु वे नौकरानी रखकर व्यभिचार नहीं करेंगे।

वे तो किसी को नहीं खोज पाए, किंतु दमयंती के परिवार ने उन्हें खोज निकाला। उनके सामने विवाह का प्रस्ताव रखा गया और उन्होंने चुपचाप स्वीकार कर लिया।

गृहस्थी चल निकली। दमयंती की वय कुछ अधिक हो गई थी। बहुत आकर्षक भी वह नहीं थी। शायद इसी कारण अभी तक उसका विवाह नहीं हो पाया था।

उसकी अपेक्षाएँ भी अधिक नहीं थीं। सीधी-सादी गृहस्थिन थी। रोटी, कपड़ा और मकान के अतिरिक्त शायद ही उसने कोई इच्छा प्रकट की हो। ईशरदास उसके लिए कभी कुछ करना भी चाहते थे, तो वह उनको रोकने का प्रयत्न करती थी। कोई गहना लाते, तो वह उसे बैंक के लॉकर में रखवा देती थी। ... उसने कभी कहा नहीं, किंतु उसके मन में कहीं था कि वह उसे अपनी बहू-बेटी के लिए सँभाल ले। ...

ईशरदास के साथ न हों; किंतु वे एक क्षण के लिए भी भूल नहीं पाते थे कि उनके दो बच्चे भी थे। वे कहीं भी रहें, सत्या किसी की भी पत्नी बन जाए, एक नहीं चार विवाह कर ले; किंतु उन बच्चों के पिता ईशरदास ही रहेंगे। इस संबंध को न वह बदल सकती थी और न ही तोड़ सकती थी। प्रकृति का बनाया हुआ

यह संबंध कोई कानून, कोई न्यायालय नहीं तोड़ सकता था। पति-पत्नी का संबंध मनुष्य का बनाया हुआ था; किंतु संतान और माता-पिता का संबंध तो ईश्वर का बनाया हुआ था। वह नैसर्गिक और अटूट था ...

दमयंती को ईश्वर ने संतान नहीं दी। उसकी गोद कभी नहीं भरी। वह ईशरदास से चर्चा भी करती तो वे उसे टाल जाते। उसके सामने न कभी अपने बच्चों की चर्चा की और न कभी उन्हें अपनाने के लिए कहा। कहते भी कैसे, वे तो सत्या के पास थे और सत्या कभी उन्हें ईशरदास को सौंपने वाली नहीं थी। वे चाहते तो कानून का आश्रय लेकर उन्हें प्राप्त कर सकते थे; किंतु उसके लिए कोर्ट-कचहरी करने के लिए ईशरदास तैयार नहीं थे। जाने दमयंती उन्हें अपने आँचल की छाया दे सके, न दे सके। उसने वर्षों से कभी उनसे मिलने की इच्छा भी प्रकट नहीं की थी। वह अपनी सूनी गोद के साथ भी संतुष्ट थी, किंतु अपनी सौत के बच्चों को इस घर में लाना नहीं चाहती थी। ईशरदास यदि उन्हें अपने साथ ले आते, तो जाने उनकी वर्तमान गृहस्थी में कौन-सा तूफान आ जाता ... उन्होंने पहली बार जाना कि वे सत्या से भी डरते थे और दमयंती से भी। उनमें इतना साहस नहीं था कि इन दोनों में से किसी से भी मोर्चा ले सकें।

ईशरदास को सूचना मिली थी कि उस आई.एस. ए. ने सत्या को छोड़ दिया था। उसकी पोस्टिंग किसी और नगर में हो गई थी और उसने शायद नई शादी भी कर ली थी। ईशरदास को लगा कि यह उपयुक्त अवसर था कि वे सत्या को मना लाएँ और बच्चों को उनका घर दें। ... पर दमयंती ... वह सत्या को या बच्चों को स्वीकार करेगी?

रात को ईशरदास बिस्तर पर आए तो उन्हें लगा कि दमयंती पूरी कामिनी बनी हुई थी। आज तक उसने काम का आवेग इस प्रकार नहीं दर्शाया था। पर आज वह उन पर कुछ इस प्रकार छा गई थी कि उसे झेलना कठिन हो रहा था।

"आज क्या हो गया है तुम्हें?" उनसे कहे बिना नहीं रहा गया।

"मुझे संतान चाहिए। कब तक सूनी गोद लिए बैठी रहूँगी।"

"प्रयत्न तो कर ही रहे हैं। आगे जो ईश्वर की इच्छा।"

पर दमयंती का उद्वेग बढ़ता ही रहा। वह प्रतिदिन संतान की चर्चा ही नहीं, उसकी माँग भी करती रही। जैसे ईशरदास संतान के आने के मार्ग की बाधा

हों। ... वे डाक्टर के पास भी गए और अस्पताल भी। पर संतान का जन्म नहीं होना था, नहीं हुआ।

अंत में दमयंती ने किसी के बच्चे को गोद लेने का प्रस्ताव रखा। ... ईशरदास इस प्रस्ताव को किसी हालत में स्वीकार नहीं कर सकते थे। वे जानते थे कि उनके अपने दो बच्चे थे, फिर वे किसी और का बच्चा गोद लेने क्यों जाते?

"हैं तो मेरे दो बच्चे।"

"तुम्हारे हैं, मेरे तो नहीं हैं। सच मानो तो वे तुम्हारे भी नहीं हैं। उस चुड़ैल के हैं। तुम्हारे होते तो तुम्हारे पास होते। साहस है तो कानून की सहायता से उन्हें उससे छीन लो।"

"मैं उन्हें ले आऊँगा तो तुम उन्हें स्वीकार कर लोगी?"

"उन्हें स्वीकार करने का तो प्रश्न ही नहीं उठता।" दमयंती बोली, "पर उस चुड़ैल के पास तो नहीं रहेंगे न।"

"तो कहाँ रहेंगे? अनाथालय में?"

"अनाथालय में रहें, सड़क पर रहें, नाले में रहें; किंतु मेरे घर में नहीं रहेंगे।"

"संतान उत्पन्न नहीं कर सकतीं, जो हैं उन्हें स्वीकार नहीं कर सकतीं, तो फिर संतान गोद लेने का व्यर्थ का शोर क्यों मचा रखा है?"

"देखो, सीधे से मेरी बात मान जाओ। मेरी बहन का एक लड़का गोद ले लो। नहीं तो मैं भी तुम्हारे साथ नहीं रहूँगी।"

ईशरदास का दिल दहल गया : पहली वाली चली गई थी तो उन्हें कष्ट तो हुआ ही था, बदनामी भी कितनी हुई थी ... जिसकी छोड़ भागी है ... किसी को उनसे सहानुभूति नहीं थी। सब ओर परिहास ही परिहास था। वे उस अपमान को दूसरी बार सहन नहीं कर सकते थे। ...

"किसको गोद लेना चाहती हो?" वे बोले, "मुझे विश्वास है कि तुम अब तक कहीं न कहीं बात तय कर चुकी होगी।"

"अनाथालय से नहीं लेना चाहती।" दमयंती बोली, "मेरा बड़ा भानजा है। सालभर का है। मैं पालूँगी तो बड़े होकर उसे पता भी नहीं लगेगा कि वह हमारा बच्चा नहीं है।"

"खैर, यह तो भूल ही जाओ। ऐसी बातें छिपी नहीं रहतीं। कोई न कोई उसे बता ही देगा। और कोई नहीं, तो तुम्हारी अपनी बहन ही अपने पुत्र को बता देगी।"

"वह क्यों बताएगी?"

"क्योंकि जीवन के किसी भी पड़ाव पर उसे खेद होने लगेगा कि उसने अपना बेटा क्यों किसी और को दे दिया?"

"वह मेरी बहन है। अपनी बात से नहीं टलेगी।" दमयंती ने कहा, "आपकी बहन होती तो बात और थी। हमारे परिवार में लोग वचन के पक्के होते हैं।"

ईशरदास ने देखा कि बातचीत अशोभनीय होती जा रही है। दमयंती को लग रहा है कि वे उसके मायके पर आरोप लगा रहे हैं। मायके के नाम पर वह कुछ भी सहन नहीं कर सकेगी और जो कुछ वह उनके और उनके परिवार के लिए कहेगी, उसे वे सहन नहीं कर पाएँगे।

"हाँ, जानता हूँ कि तुम्हारे परिवार वाले सीधे राजा दशरथ की संतान हैं।" वे मन ही मन बोले और अपने कमरे में चले गए।

इसके बाद उन दोनों में इस विषय को लेकर कोई बात नहीं हुई। कानूनी कारवाई अवश्य हुई। वे चाहते थे कि दमयंती उसे गोद ले। किंतु दमयंती सब-कुछ उनसे करवाना चाहती थी।

उन्होंने आकाश को कानूनी तौर पर गोद ले लिया। वह उनका कानूनी उत्तराधिकारी था। दमयंती ने उसमें स्पष्ट रूप से लिखवाया था कि उनके बाद उनकी सारी चल और अचल संपत्ति का स्वामी वही होगा। ...

फिर जीवन सहज गति से बह निकला। ईशरदास को कुछ भी स्मरण नहीं रहा ...

और फिर एक दिन एक युवक उनसे मिलने आया। उसने उनके चरण छुए।

"प्रणाम करता हूँ पिता जी।"

ईशरदास ने उसे ध्यान से देखा, "कौन हो भाई? मैंने तुम्हें पहचाना नहीं।"

वह हँसा, "मैं सुधीर, आपका पुत्र।"

"सुधीर?" उन्होंने ध्यान से देखा – इतना सुदर्शन और हृष्ट-पुष्ट पुत्र है उनका, और वे किसी और के पुत्र को अपना दत्तक पुत्र बनाए बैठे हैं।

उन्होंने उठकर कपाट बंद किए, ताकि कोई देख न ले; और सुधीर को कंठ से लगा लिया, "कहाँ थे अब तक तुम?"

"आपके और माँ के विरोध के बीच में फँसा हुआ था। नहीं तो मैं कब का आपके पास आ गया होता।"

"सत्या कहाँ है?"

"अभी कॉलेज में पढ़ा रही हैं। उनके दूसरे पति भी उनको छोड़ गए हैं।"

"वह छोड़ गया है या सत्या ने उसे छोड़ दिया है?"

"नहीं, उसने ही अपनी पी.ए. से विवाह कर लिया है। उसके पहले विवाह से उत्पन्न बच्चे भी उसके पास ही हैं। बड़े हो गए हैं, समर्थ हैं। हम लोग माँ के भाग में आए हैं। उस बड़ी कोठी को छोड़कर एक एम.आई.जी. फ्लैट में आ गए हैं।"

"और मैं? मेरा अधिकार?" ईशरदास के मुख से निकला, "तुम्हारा पिता तो मैं हूँ।" वे कहते-कहते रुक गए कि उनके पास बहुत बड़ा मकान है। करोड़ों की जायदाद है। उनके बच्चों को एम.आई.जी. फ्लैट में रहने की आवश्यकता नहीं है।

"उसमें किसी को क्या संदेह हो सकता है?" सुधीर बोला, "किंतु आप और माँ जब तक मिल नहीं जाते, तब तक हमारी स्थिति भी स्पष्ट नहीं होती।"

"तुम जानते हो न कि मैंने भी दूसरा विवाह कर लिया है और मेरी दूसरी पत्नी ने अपने भानजे को गोद ले लिया है। वह तुम्हें स्वीकार करेगी?"

"संभवत: नहीं करेंगी।" वह बोला, "मैं आपके पास आया था ... सुना था कि आपका स्वास्थ्य ठीक नहीं है। यदि मैं आपके किसी भी काम आ सकूँ तो ...।"

ईशरदास का मन पिघल गया। मन हुआ कहें, वह गुड़िया को लेकर उनके ही पास आ जाए। उनके पास बहुत बड़ा मकान था। वे लोग आराम से रह सकते हैं। ... किंतु सत्या?

उनके गिरने और माथे पर गूमड़ पड़ने का समाचार भी सुधीर को मिला था। वह अपने एक डाक्टर मित्र को लेकर आया था कि ईशरदास की जाँच हो सके।

वह देख रहा था कि दमयंती को यह सब पसंद नहीं आ रहा है; किंतु वह सुधीर को ईशरदास से मिलने से रोक नहीं सकती थी। वह दमयंती का हो न हो, ईशरदास का पुत्र था। ... आकाश को गोद तो लिया था; किंतु ईशरदास का औरस पुत्र तो सुधीर ही था, वही रहेगा।

सुधीर विदा हुआ तो ईशरदास उसकी पीठ को देखते रहे। ... कैसा सुंदर और सुदृढ़ युवा था। मन होता था कि उसे बैठाकर अभी अपनी सारी संपत्ति उसके नाम कर दें। उनका वास्तविक उत्तराधिकारी तो वही था। ...

ईशरदास उसे रोक नहीं सके; किंतु वे अपने आपको भी रोक नहीं सके। सुधीर के जाने के पश्चात् दमयंती को बुलाकर अपने पास बैठाया और बोले, "सोचता हूँ कि अब समय आ गया है कि मैं अपनी वसीयत तैयार कर दूँ।"

"कर दीजिए। उसमें किसी को क्या आपत्ति हो सकती है? पर क्या बाँटना है आपको? आपके पास है ही क्या? और किसको देना है?"

"मकान है मेरे पास। तीन मंज़िलें हैं। सोचता हूँ कि ऊपर की एक मंज़िल सुधीर के नाम कर दूँ।"

"होश में तो हैं आप?"

"वह मेरा बेटा नहीं है क्या?"

"वह आपका नहीं, आपको छोड़ भागी स्त्री का बेटा है।" वह बोली, "मैं आपकी पत्नी हूँ। मकान आपके जीवन में भी मेरा है और आपके बाद भी। आप उसकी एक ईंट भी किसी को नहीं दे सकते। वसीयत लिखेंगे तो उसे भी आपकी चिता में डाल दूँगी।"

ईशरदास उसका चेहरा देखकर ही डर गए।

अगली बार सुधीर आया, तो ईशरदास ने उसे बैठा लिया।

"कैसे हैं आप?"

"उसकी चिंता छोड़।" वे बोले, "जैसा भी हूँ, अब बहुत दिन नहीं चलना है। सोचा था कि इस मकान में से तुम्हारा हिस्सा तुम्हें दे दूँ। पर दमयंती वह करने नहीं देगी।"

"कोई बात नहीं पिता जी। मुझे वह नहीं चाहिए।"

"तुम्हें कुछ नहीं चाहिए; किंतु मुझे कुछ चाहिए।"

"क्या?"

"जो माँगूँगा, मना मत करना।"

"नहीं करूँगा।"

"तो यह ले जा। पचास लाख हैं। एक फ्लोर का मूल्य चार करोड़ है। न मैं तुम्हें चार करोड़ दे सकता हूँ और न ही फ्लोर। मेरे हाथ बँधे हुए हैं।" वे रुके, "ये पचास लाख ले जा। अवसर मिला तो और भी दूँगा। किसी से इसकी चर्चा भी मत करना। इसके बदले में मुझे एक वचन दे ...।"

"क्या पिता जी?"

"कि मुझे मुखाग्नि तू देगा ..."

"कैसी बातें कर रहे हैं पिता जी अभी से।"

"अब ऐसी बातों का समय आ गया है पुत्र।" वे बोले, "वचन दे।"

"वचन देता हूँ।"

"जा।" उन्होंने उसके सिर पर हाथ रख दिया।

शव को श्मशान ले जाने से पहले सुधीर और गुड़िया भी घर पहुँच गए थे। उन्हें प्रणाम तो करने दिया गया, किंतु उसके पश्चात् बड़ी चतुराई से पीछे धकेल दिया गया।

सुधीर ने साहस किया, "मैं उनका बड़ा पुत्र हूँ। कुछ कर्तव्य मेरे भी हैं।"

"तुम सत्या के पुत्र हो, ईशरदास जी के नहीं।" आकाश तनकर अपने भाइयों के साथ उसके सामने खड़ा हो गया।

उसने सिर मुँड़वा लिया था। धोती और बनियान में वह श्मशान जाने की वर्दी में खड़ा था। उसके साथ, जैसे उसे सहारा देने के लिए दमयंती खड़ी थी। आकाश के सगे माता-पिता और भाई-बहन उसके साथ थे। पूरा कुटुंब एकत्रित था ... सुधीर का पक्ष लेने वाला कोई नहीं था।

"पिता जी की इच्छा थी कि उन्हें मुखाग्नि मैं दूँ।"

"तुम्हारे पास उनकी वसीयत है क्या?"

"वसीयत तो है, किंतु लिखित रूप में नहीं है।" वह बोला, "एक व्यक्ति जो अब जीवित नहीं है, बिना वसीयत के भी उसकी इच्छा पूरी करने में कोई बुराई नहीं है।"

"वसीयत होती भी तो उसे मैं चिता में डाल देती।" दमयंती ने कहा।

"पर मैं मुखाग्नि दूँ तो आपको क्या आपत्ति है?"

"बहुत चतुर मत बन।" दमयंती ने कहा, "यह हमारे समाज की अलिखित वसीयत है कि मुखाग्नि देने वाला पुत्र ही संपत्ति का उत्तराधिकारी होता है।"

"मैं लिखित रूप में देता हूँ कि मुझे संपत्ति में से कुछ नहीं चाहिए, किंतु मुझे मुखाग्नि का अधिकार दिया जाए।"

"तू अपनी टाँगों पर चलकर घर जाना चाहता है, तो चला जा; नहीं तो यहीं टाँगें तोड़ दूँगा। श्मशान भी नहीं जा पाएगा।"

सुधीर समझ गया कि पिता जी पहले से ही यह सब भाँप चुके थे। तभी तो अपनी वसीयत अपने वक्ष में छिपाए हुए ही चले गए। मकान पर कब्ज़ा जिसका था, उसी का रहेगा। वसीयत किसी के भी नाम हो।

छह लघु कथाएँ

1. ऐसा क्यों?

महत्त्वपूर्ण लोग मंच से उतरकर हॉल से बाहर निकल गए, तो हॉल में बैठे लोग भी उठे। हॉल से बाहर निकले – भीड़ ही भीड़। हॉल के बंद वातावरण से बाहर निकलना अच्छा लग रहा था। ... किंतु चारों ओर लोग थे। कुछ परिचित, कुछ अपरिचित ... अधिकांश अपरिचित। ... किंतु वे अपरिचित भी मुझसे मिलना चाहते थे। मेरी प्रशंसा कर मेरे निकट आना चाहते थे। आत्मीयता जताना चाहते थे। आज मुझे सम्मानित जो किया गया था। सम्मानहीन तो मैं पहले भी नहीं था, किंतु आज मंच से कुछ इस प्रकार की घोषणाएँ हुई थीं, जिनसे लोगों को मैं महत्त्वपूर्ण लग रहा था। कोई बात करना चाहता था, कोई हस्ताक्षर लेना चाहता था, कोई अपने किसी प्रिय के लिए संदेश लेना चाहता था, कोई मेरे साथ चित्र खिंचवाना चाहता था। कोई अपनी नई पुस्तक भेंट करना चाहता था, कोई पहले कभी दी गई पुस्तक के विषय में पूछताछ करना चाहता था ... अपना यह महत्त्व मुझे भी अच्छा लगता है; किंतु लोगों का इस प्रकार छा जाना और अपनी इच्छाएँ आरोपित करना ... प्रशंसकों की यह थानेदारी, यह दबाव कैसे अच्छा लगता? मुझे लग रहा था कि मेरी सारी स्वतंत्रता नष्ट हो गई है। प्रशंसकों की भीड़ भी दमघोटू लगने लगी थी। मैं उससे भी मुक्त होना चाहता था। खुली हवा में साँस लेना चाहता था।

आसपास दृष्टि दौड़ाई ...

मेहरा साहब तेज़-तेज़ भागे जा रहे थे। उन्होंने भी मेरी ओर देखा ... "राजा के भोज में जा रहे हैं?"

"जहाँ ये ले जाएँगे, वहीं जाना पड़ेगा।" मैंने कहा, "आपके समान स्वतंत्र तो हूँ नहीं कि अपने घर अथवा किसी मित्र के घर चला जाऊँ।"

"मैं तो किसी होटल में भी जा सकता हूँ।" वे हँसे।

"लगता है, पत्नी मायके चली गई है, नहीं तो होटल में जाने की नहीं सूझती।"

"मायके तो नहीं गई, किंतु अपनी बेटी के पास चली गई है। हाँ, नगर में नहीं है।" वे बोले, "आप भोजन के स्थल पर कैसे जाएँगे?"

"बसें जा रही हैं। किसी में जा धँसूँगा।"

"बस में क्यों जाइएगा। आइए, मैं आपको वहाँ छोड़ दूँगा।"

"छोड़ देंगे या पहुँचा देंगे?"

"पहुँचा दूँगा भाई।" वे बोले, "आप मेरे साथ आइए तो।"

"आप भी उधर जा रहे हैं क्या?"

"नहीं, मैं उधर नहीं जा रहा, किंतु आपको पहुँचा दूँगा।" वे बोले, "कुछ देर आपका सत्संग ही रहेगा।"

हम दोनों उनकी गाड़ी में चल पड़े।

"आप भी भोजन-स्थल पर क्यों नहीं चलते?" मैंने यूँ ही पूछ लिया, "सरकारी पैसे का भोजन अच्छा नहीं लगता?"

"नहीं, ऐसा तो कुछ नहीं है। मेरा न तो उनसे कोई विरोध है, न समर्थन ही है।"

"तो फिर?"

"घर पर इतना काम पड़ा है।" वे बोले, "पत्नी ने घर में कुछ काम आरंभ करा दिया है और स्वयं उठकर चल दीं। अब देखना तो सब-कुछ मुझे ही पड़ेगा।"

मैं जोर से हँसा, "यही होता है। पत्नी कहती है, कपड़े धोने जा रही हूँ। पाँच मिनटों में लौट आती है, 'भिगो आई हूँ। अब उन्हें सूखने डाल दो।' मैं पूछता हूँ, 'भीगे हुए कपड़ों को?' 'नहीं,' वह कहती है, 'थोड़ा मलकर पानी में खँगालकर निचोड़ लो और सूखने डाल दो।'"

वे भी हँसे, "ठीक पकड़ा आपने।"

"बेटे ने घर पर बढ़ई बैठा लिया और स्वयं दफ्तर के काम से दिल्ली चला गया।" मैंने कहा, "अब काम तो वही करवा रहा है, बस देखना मुझे पड़ रहा है।"

"घर के काम से पीछा तो तभी छूटेगा, जब घर छोड़कर आदमी किसी आश्रम में चला जाए। घर में रहेगा, तो कुछ न कुछ तो करना ही पड़ेगा।"

2. काम

पति पुस्तक पढ़ रहा था। पत्नी ने दो-तीन बार उसकी ओर देखा ; किंतु पति ने अपनी दृष्टि पुस्तक से नहीं हटाई तो बोली, "अपने कपड़े धो लेते। या अभी धुले हुए कपड़े हैं?"

"नहीं!" पति ने पुस्तक पर से अपनी आँखें हटाईं और पत्नी पर टिका दीं, "भीतरी कपड़ों के जितने जोड़े लाया था, वे आज तक के लिए ही थे। अब तो धोने ही होंगे।"

"तो उठो। धो लो।"

"अभी जरा पढ़ लेने दो।" पति ने कहा, "मैं धो लूँगा। तुम चिंता मत करो।"

पति फिर पढ़ने में व्यस्त हो गया।

पत्नी ने दो-तीन बार उसकी ओर देखा, पर पति व्यस्त था। अंततः पत्नी उठी, "मैं ही धो देती हूँ। तुम्हें पढ़ने में समय कहाँ मिलेगा?"

"नहीं! रहने दो। मैं धो लूँगा।" पति ने कहा, "तुम्हारी पीठ का दर्द तंग करेगा।"

"नहीं! ऐसा भी क्या है।" पत्नी उठी, "दो जोड़े कपड़े फटकने में पीठ क्या कहती है।"

पति ने कुछ नहीं कहा। नल चलने की ध्वनि से वह समझ गया कि पत्नी ने अपना कार्य आरंभ कर दिया है।

"सुनो जरा।" थोड़ी देर में पत्नी ने पुकारा।

"क्या है?"

"यहाँ आओ।"

पति ने हारकर पुस्तक रख दी। जाकर देखा : पत्नी ने साबुन-चूर्ण पानी में घोलकर उसके कपड़े उसमें डाल दिए थे।

"यह मैंने कर दिया है।" पत्नी ने कहा, "मुझसे झुका नहीं जा रहा। ये कपड़े मल लो।"

"मैं कर लेता।" पति ने मुँह ही मुँह में कहा।

पत्नी जा चुकी थी।

पति ने कपड़े मल लिए और पुकारा, "कपड़े मल दिए हैं।"

"तो उन्हें पानी से निकालकर सूखने के लिए पसार दो।"

पति क्या कहता। बैठकर कपड़े नितारे। निचोड़े और फिर सूखने के लिए फैला दिए।

लौटकर अपनी कुरसी पर आया और पुस्तक उठा ली।

पत्नी चाय पी रही थी।

"उद्यम करने से काम हो ही जाता है।" वह बोली, "मैं व्यर्थ ही सोचती थी कि मैं कपड़े धो नहीं सकती।"

पति ने कुछ नहीं कहा।

"सोचती हूँ, चाय पीकर चार साड़ियाँ भी पानी से निकाल ही लूँ।"

पति की आत्मा काँपकर रह गई। उसके मुँह से कोई आवाज़ ही नहीं निकली।

3. सुरक्षित स्थान

समाचार आया है। अच्छा तो नहीं है; पर समाचार अच्छे होते ही कब हैं? अच्छे समाचारों में पत्रकारों की रुचि ही नहीं है।

रात को डेढ़ बजे, फिल्म देख एक लड़का और लड़की अपने-अपने घर जाने के लिए कोई वाहन खोज रहे थे। रात को उस समय कोई वाहन मिलता ही कहाँ है; और मिलता है तो रुकता कब है। संयोग ही था कि इन दोनों को मिल गया। प्राइवेट बस थी शायद। बस में चार-पाँच लोग ही थे। आधी रात को हो भी कितने सकते थे। भले लोग थे शायद। उन्हें उस लड़के और लड़की पर दया आ गई। उन्होंने लड़के और लड़की के इस संकट में सहायता करने की सोची। सहायता की भी। उन्हें बस में बैठा लिया। वे दोनों बैठ गए और बस चल पड़ी।

"धन्यवाद। आपने बड़ी कृपा की। नहीं तो इस समय बस मिलती कहाँ है।" लड़के ने कहा।

बस चल पड़ी।

बस में पहले से बैठे लोगों ने एक घेरा बना लिया, "जब जानता है कि इस समय बस नहीं मिलती, तो रात के डेढ़ बजे लड़की को क्यों घुमाता है। हमारी सेवा करने के लिए?" उन्होंने झपटकर लड़के को पकड़ लिया, "साला रात को लड़कियाँ घुमाता है। ऐश करता है। माल तो हमें भी चाहिए, पर तू हमारे साथ बाँटता ही नहीं।"

"आपने हमारी सहायता की ..." लड़का कुछ घबरा गया।

"तो अब तू हमारी सहायता कर।"

"क्या मतलब?"

"माल हमारे हवाले कर और यहाँ से फूट ले। खबरदार जो पुलिस थाने गया तो।"

उन लोगों ने लड़के को पकड़कर चलती बस से सड़क पर फेंक दिया। कुछ किलोमीटर आगे जाकर लड़की को भी फेंक दिया। पर इन कुछ किलोमीटरों की यात्रा में लड़की का शरीर और उसकी आत्मा दोनों ही बुरी तरह लहूलुहान हो चुके थे। लड़की अब भी उनसे लड़ रही थी; किंतु वे तो उसे फेंककर चले गए, "पुलिस के पास जाएगी तो अपनी जान से भी जाएगी।"

समाचारपत्रों में घमासान मचा था – दिल्ली की सड़कें महिलाओं के लिए सुरक्षित नहीं है। किसी की इज्जत सुरक्षित नहीं है यहाँ। सड़कों पर खुले आम अपहरण और बलात्कार जैसी घटनाएँ हो जाती हैं। पुलिस भी सोती रहती है और सरकार भी। जब ऐसी घटनाएँ हो जाएँ, तो सड़क को सुरक्षित कैसे माना जा सकता है। वैसे तो सड़क पर गड्ढे हों, तो भी वह सुरक्षित नहीं है। पर यहाँ तो बात ही और थी। यहाँ शासन और प्रशासन की समस्या थी।

समुचित सुरक्षा-प्रबंध न होने के कारण, कई लोगों ने पुलिस और सरकार को दोषी ठहराया; पर हमारा रामलुभाया यह नहीं मानता था। वह कहता था कि रात को डेढ़ बजे सड़क पर वह लड़का और लड़की क्या कर रहे थे? जबकि वे जानते थे कि सड़क सुरक्षित नहीं है। जानबूझकर स्वयं को संकट में डालना कोई समझदारी तो नहीं है। उन्हें रात को उस समय इस प्रकार घर से बाहर नहीं निकलना चाहिए था। वे स्वयं को तोप या बंदूक समझते थे क्या? लड़की तो सुरक्षित नहीं थी, पर क्या लड़का सुरक्षित था? अब पुलिस या सरकार को कोसने से क्या होगा? न लड़के के प्राण वापस आ सकेंगे और न लड़की का सतीत्व। संभव है कि लड़की भी अपने प्राणों से जाए।

किंतु रामलुभाया के विरुद्ध भोलाराम का मत यह था कि सरकार की ओर से महिलाओं के लिए सुरक्षा-व्यवस्था क्यों नहीं है? समय का क्या मतलब? सड़क सुरक्षित हो तो कोई कभी भी बाहर निकल सकता है। यदि सड़क सुरक्षित नहीं है, तो इसका अर्थ यह है कि महिलाएँ घर से बाहर ही न निकलें? घर को अपनी जेल की कोठरी मान लें? यह कैसा देश है, जहाँ नाइट-लाइफ ही नहीं हो सकती?

रामलुभाया और भोलाराम के वाद-विवाद में यह चर्चा हुई ही नहीं कि उन अपराधियों का क्या किया जाए? यदि वे पकड़े जा सकें, तो उन्हें कैसा और कितना कठोर दंड दिया जाए? मानवतावादी तो उन्हें सुधारने की बात करते हैं, दंड की बात ही नहीं करते।

पर अगले ही दिन यह समाचार भी आ गया कि एक किशोरी को, उसके घर में आए एक अतिथि के द्वारा उत्पीड़ित होना पड़ा।

"अब बोल।" रामलुभाया ने भोलाराम को पकड़ा, "सड़क को रोता था, यह तो घर में ही हो गया।"

"वह अतिथि कौन था?" भोलाराम ने पूछा।

"कोई रहा हो।" रामलुभाया बोला, "रिश्ते में उसका भाई भी हो सकता है; चाचा-ताऊ भी। जीजा भी हो सकता है, ननदोई भी; भाई का साला भी और बहन का देवर भी। ... कोई भी हो। इतना तो स्पष्ट हो रहा है न कि स्त्री अपने घर में भी सुरक्षित नहीं है।"

मैं तब से यह सोच रहा हूँ वह किशोरी घर में अधिक सुरक्षित थी या सड़क पर? शायद वह कहीं भी सुरक्षित नहीं थी। सुरक्षित वहीं हो सकती है, जो न उसका घर हो, न बाहर। न पृथ्वी हो, न आकाश। न दिन हो, न रात। हिरण्यकशिपु तो तभी मरेगा, जब नृसिंह भगवान संध्या-समय उसे गोद में लेकर, घर की दहलीज़ पर बैठ जाएँ। किंतु हमारी पुलिस नृसिंह-अवतार तो नहीं है।

समाचारपत्र हमें बताता है कि अंकित सक्सेना, लड़का होकर भी, लोगों की उपस्थिति में चलती सड़क पर दिन के समय हत्यारों द्वारा मार दिया जाता है। समस्या दिन और रात की नहीं है, पुरुष और स्त्री की भी नहीं है। स्त्री के साथ बलात्कार हो सकता है, पुरुष की हत्या। मेरी समझ में कुछ नहीं आ रहा। यदि सड़क पर हर कदम पर सशस्त्र पुलिस तैनात कर दी जाए, तो घरों के भीतर क्या होगा?

एक ओर विधानसभा में यह प्रश्न चल रहा है, दूसरी ओर समाचारपत्रों और दूरदर्शन के विभिन्न चैनलों पर यह विवाद उग्र होता जा रहा है; और तीसरी ओर महिला-संगठन अधिक आक्रामक हो रहे हैं कि दिल्ली की सड़कें महिलाओं के लिए सुरक्षित की जाएँ। महिलाओं की सुरक्षा का समुचित प्रबंध होना चाहिए।

"गज़ब ही हो गया भाई।" रामलुभाया मेरे पास आया।

"क्या हुआ?"

"रात को बारह बजे, मुख्यमंत्री के घर में, दिल्ली सरकार के मुख्य सचिव पर आक्रमण हो गया।" वह बोला, "जब मुख्य सचिव जैसा अधिकारी, मुख्यमंत्री के घर के अंदर भी सुरक्षित नहीं है, तो अपने घर में ही कैसे सुरक्षित रह पाता। पुलिस मुख्य सचिव के आदेश के अधीन है। उनका अंगरक्षक भी साथ रहा ही होगा। किंतु उन पर भी आक्रमण हो गया। पीट दिया बेचारे को।"

मैंने भोलाराम से पूछा, "यह क्या है भाई। क्या मुख्यमंत्री का घर भी सुरक्षित नहीं है?"

वह हँसा।

"तुम पुलिस अधिकारी होकर देश की इस दुर्दशा पर हँस रहे हो।" मैंने उसको धिक्कारा।

"पुलिस का कहना है कि मुख्य सचिव हैं तो क्या हुआ। वे इतनी रात को मुख्यमंत्री के आवास पर गए ही क्यों? रात के बारह बजे भी कोई अपने घर से बाहर जाता है। मुख्यमंत्री तो स्वयं ही सुरक्षित नहीं हैं। उनकी रक्षा हम जब चाहते हैं, करते हैं। मुख्य सचिव को इतनी रात गए, अपने घर आया देख, मुख्यमंत्री ने उन्हें पहचाना नहीं होगा। चोर समझा होगा। पिटवा दिया।" फिर वह कुछ आवेश में आ गया, "वे अपने साथ अंगरक्षक लेकर क्यों नहीं गए थे? अंगरक्षक क्या शोभा के लिए होते हैं? अंगरक्षक साथ होते तो मुख्यमंत्री उन्हें तत्काल पहचान लेते। वे दिल्ली पुलिस को पहचानते हैं।"

"जब मुख्यमंत्री के बंगले में मुख्य सचिव ही सुरक्षित नहीं हैं, तो रात को सड़कों पर आम आदमी कैसे सुरक्षित हो सकता है?" मैंने पूछा।

"राम जी की इच्छा होगी तो सुरक्षित रह सकता है। हमारे भरोसे तो रहियो मत।" भोलाराम हँस रहा था, "पुलिस वाले तो स्वयं उस समय पीकर टुन्न होते हैं। बेचारों को नींद आ रही होती है। वे घर का बिस्तर माँगते हैं और सरकार

उन्हें पी.सी.आर. में बैठाकर सड़क पर छोड़ देती है। क्या सरकार नहीं जानती कि रात को सड़क कितनी असुरक्षित होती है?"

4. वह महिला

फोन की घंटी बजी।

मैंने चोंगा उठाया, "जी।"

"गुड मार्निंग।"

मन ने कहा, "ए वेरी बैड मार्निंग।" वस्तुत: 'नमस्कार' के स्थान पर 'गुड मार्निंग' मेरे कानों को सुख नहीं देता; फिर भी शालीनता ने कहा, "गुड मार्निंग।"

महिला ने कुछ कहा, जो स्पष्ट नहीं था। शायद उसने बताया था कि वह कहाँ से बोल रही है। लोग कहते हैं, वे 'एयर इंडिया' या 'भारतीय रेल' से बोल रहे हैं, जिसका कोई अर्थ नहीं होता। वे चाँद पर से बोलें, तो भी कोई अंतर नहीं पड़ता। मेरी उसमें कोई रुचि भी नहीं थी। कहीं से भी बोल रही हो। मुझे तो केवल यह जानना था कि वह क्या कहना चाहती है।

कहा, "हाँ, बोलिए।"

"मैं आपके साथ आपके घर के मेंटेनेंस के विषय में कुछ बातें करना चाहती हूँ।"

मेरा मन पिघल गया। कैसी भली महिला है। लोगों को अपने घर की चिंता नहीं होती और इसे मेरे घर के चलाने की भी चिंता है। मेरी आत्मा बोली, "हमसे जितना भी और जैसे भी होता है, हम अपना घर चला ही रहे हैं न। थोड़े में ही सही, पर गुज़ारा चला ही लेते हैं; ऐसी हालत भी नहीं है कि किसी और को हमारी चिंता करनी पड़े।"

मेरे विवेक ने मेरी आत्मा से पूछा, "ऐसा कहना कुछ अशिष्ट नहीं लगेगा? किसी को तो अभद्र भी लग सकता है। वह कोई सहृदय महिला है, नहीं तो कौन इस प्रकार अपरिचित लोगों के घर चलाने की बात करता है। ठीक है, मना ही करना है, तो उसके अनेक शिष्ट मार्ग भी हैं।"

"नहीं। आप रहने ही दें। कहाँ इतना कष्ट करेंगी।" मैंने कहा, "हम कर लेंगे। जैसे भी होगा, कर लेंगे।"

वह हँसी, "ऐसे ही कैसे कर लेंगे। हमसे बात किए बिना ही कर लेंगे?"

"बात करने का ही तो संकोच है।" मैंने कहा, "बात खुल जाएगी तो फिर हमारा आत्मसम्मान कौन बचा पाएगा? आप रहने ही दें।"

"अरे, अरे," वह बोली, "कहीं फोन मत काट दीजिएगा। बात तो कीजिए। मेरा तात्पर्य है कि मुझे अपनी बात तो कहने दीजिए।"

"मैं आपकी सदाशयता समझता हूँ।" मैंने कहा, "फिर भी मैं आपको कष्ट देना नहीं चाहूँगा।"

"इसमें कष्ट की क्या बात है।" उसने कहा, "मैं जानना चाहती हूँ कि आप अपना घर कैसे मेंटेन करते हैं। ..."

सोचा, 'अरे, तो वह जानती है कि मेरी आय कितनी है, फिर भी मेरा घर चल ही रहा है। वह चकित होगी कि यह चमत्कार कैसे घटित हो रहा है।'

"वही तो मैं बताना नहीं चाहता।" मैंने कहा।

"पर क्यों? क्या आप कहीं जा रहे हैं? बहुत जल्दी में हैं?" वह बोली, "यदि आप कहीं आसपास ही हैं, तो मैं आपके साथ भी चल सकती हूँ।"

'भगवान की बड़ी कृपा है कि उसने यह नहीं कहा कि वह जीवनभर मेरे साथ चल सकती है।' उसके विषय में मेरी धारणा बदलने लगी थी। यह तो कोई बहुत चिपकू महिला है। इतना भी नहीं सोचती कि मैं इसके साथ सैर करने निकल जाऊँगा तो मेरी पत्नी क्या कहेगी? यह हमारा घर क्या चलाएगी, हमारे घर में क्लेश ही डालेगी। ... तोड़कर रख देगी उसे।

ओह! मेरी आँखों के सामने से जैसे कोई परदा उठ गया। यह ऐसे घर चलाएगी हमारा। मुझे मेरी पत्नी से अलग कर, यह मेरे साथ मेरा घर चलाएगी। मैं तो समझ रहा था, बहुत दयालु और चरित्रवान महिला होगी; किंतु यह या तो कुलच्छी है एकदम, या फिर कोई बहुत ही दीन-हीन गरीब महिला है, जो अपने लिए कोई सहारा ढूँढ़ रही है। या फिर विधवा है। ...

नहीं। हो सकता है कि वह कोई नौकरी ढूँढ़ रही हो। घर चलाने का कोई तरीका ... अंग्रेज़ी में हाउसकीपर कहते हैं न, वही होगी।

"नहीं, मैं कहीं नहीं जा रहा हूँ। और न ही आपको मेरे साथ चलने की आवश्यकता है। मैं चलने का शौकीन भी नहीं हूँ।"

"कोई बात नहीं। मेरे पास गाड़ी है।" वह बोली, "मैं आपको गाड़ी में ले चलूँगी।"

मेरा मन फिर बदल गया। यह तो कोई संपन्न महिला मालूम होती है। ... विधवा है भी तो असहाय नहीं है। हाउसकीपर भी नहीं है। कहीं फ्लर्ट तो नहीं कर रही? यदि कर रही है तो मेरी अवस्था नहीं जानती। फ्लर्ट ही करना था तो बीस-पच्चीस वर्ष पहले मिली होती। अब बुढ़ापा खराब करने के लिए कहां से आ गई?

"कहाँ ले चलेंगी गाड़ी में मुझे?"

"जहाँ आप जा रहे हों या जहाँ आप जाना चाहें।"

मेरा मन अजाने ही गाने लगा था, "चल चल चमेली बाग में, मेवा खिलाऊँगा।"

"अब आप यह बताइए कि आप मुझसे मेरा घर चलाने के विषय में बात करना चाहती हैं या मुझे चलाने के विषय में? कहीं इस चक्कर में मेरा दिमाग ही न चल जाए। वैसे मैं चला-चलाया सिक्का हूँ। बाज़ार में मेरा बहुत मूल्य नहीं लगेगा।"

"आप अपना मूल्य जानते ही कहाँ हैं? न ही आप जीवन का मूल्य जानते हैं। आप अपना स्वर्ण जैसा जीवन यूँ ही नष्ट किए जा रहे हैं। आपके जीवन का मोल तो मैं जानती हूँ। मैं बताऊँगी आपको कि जीवन कैसे जीना चाहिए।"

"क्या बताएँगी आप?"

"घर कैसा होना चाहिए। रसोई कैसी होनी चाहिए। बाथरूम कैसा होना चाहिए।" वह बोली, "हम बना-बनाया मॉड्यूलर किचन आपके घर में स्थापित कर देंगे ... तब आप समझेंगे कि घर कैसे चलाया जाता है।"

अब एक बार फिर से मेरा सिर घूम गया। वह तो किसी कंपनी की विक्रय-अधिकारी थी। वह ग्राहक फाँस रही थी और मैं इंद्रधनुष पर चढ़ता जा रहा था ...

5. राजकीय सम्मान

रामलुभाया बहुत उदास था। उसका मुँह लटका हुआ था और वह किसी से बात नहीं कर रहा था।

"पेट में दर्द है क्या?" मैंने पूछा।

उसने जिस दृष्टि से मुझे देखा, उससे मेरे मन में एक ही उदाहरण उभरा। ऐसे तो बकरा भी कसाई को नहीं देखता होगा।

"क्या बात है रामलुभाया?"

"पेट में दर्द नहीं है।" वह बोला, "हृदय में ऐसा दर्द समा गया है कि उसका न कोई उपचार है, न सांत्वना। लोगों की सहानुभूति खंजर के समान चुभती है। मैं अब जी नहीं सकूँगा।"

"किसी डाक्टर को दिखाया?"

"यह डाक्टर के बस का रोग नहीं है।"

मैं चुपचाप उसे देखता रहा ... शायद कुछ बताए ... किंतु वह कुछ नहीं बता रहा था।

"कुछ बताओ तो। हो सकता है कि यह मित्रों के बस का रोग हो।"

"मित्र ही तो चले गए और यह दर्द दे गए।"

मैंने भोलाराम की ओर देखा।

"यह पीड़ा श्रीदेवी के देहांत की है। तुम इसमें क्या कर सकते हो।"

"वह तो सारे देश की पीड़ा है, किंतु उससे कोई वैरागी तो नहीं हो गया।" मैंने कहा, "वे एक अच्छा जीवन जी गईं। जीवित थीं तो रानियों के समान जीवन व्यतीत किया और देह त्यागी तो राजकीय सम्मान के साथ विदा हुईं।"

"चलो, राजकीय सम्मान तक तो ठीक है," भोलाराम ने कहा, "किंतु मेरी समझ में यह नहीं आता कि उन्हें तिरंगे में क्यों लपेटा गया? वे सीमा पर शत्रु से लड़ती हुई शहीद नहीं हुई थीं। न ही वे देशद्रोहियों का सामना कर रही थीं। न वे आतंकवादियों से भिड़ रही थीं। उन्होंने किसी राष्ट्रीय दायित्व को पूरा करने के लिए प्राण नहीं दिए। ... यह तिरंगे में लपेटे जाना मेरी समझ में नहीं आया।"

"यह तो सरकार की इच्छा है, वह जिसे चाहे राजकीय सम्मान दे सकती है। चाहे तो तिरंगे में लपेटे, चाहे तो तोपों की सलामी दे।" रामलुभाया ने कहा, "पर श्रीदेवी तो पद्मश्री से विभूषित थीं, इसलिए उन्हें यह सम्मान दिया गया।"

मेरा मन दूसरी ओर भटक गया ... मैं अब तक नहीं जानता था कि पद्मश्री से अलंकृत होने के कारण व्यक्ति को मृत्यु के पश्चात् सरकार राजकीय सम्मान भी देती है। ... पर क्या यह सूचना ठीक है या किसी ने ऐसे ही उड़ा दी है?

"अच्छा रामलुभाया, यह बताओ कि यह सूचना कितनी सत्य है कि पद्म सम्मान से सम्मानित व्यक्ति को सरकार राजकीय सम्मान के साथ संसार से विदाई देती है।" मैंने कहा, "सच बताना, पूरी खबर देना। पता करो कि इसमें कितनी सच्चाई है।"

"क्यों? तुम्हारे लिए यह इतना महत्त्वपूर्ण क्यों है?" रामलुभाया ने पूछा।

"अरे भाई, मैं भी पद्मश्री हूँ।" मैंने कहा, "हमें जो पत्र गृह मंत्रालय की ओर से मिला था, उसमें ऐसी कोई सूचना नहीं है। सच्ची बात तो यह है कि उसमें किसी भी सुविधा की चर्चा नहीं है। हाँ, यह अवश्य लिखा गया है कि आप इस सम्मान को अपने नाम के साथ लिख नहीं सकते।"

"अरे, जब वे बताना नहीं चाहते तो तुम जानने को इतने उतावले क्यों हो?" भोलाराम ने कहा।

"बस उत्सुकता है। तुम पता तो लगाओ। शायद गृह मंत्रालय से पता लग जाएगा।"

"अरे, पता तो लग ही जाएगा।" भोलाराम ने कहा।

"पर कब?"

"जब वे तुम्हें तिरंगे में लपेटेंगे, तो तुम्हें सही सूचना नहीं मिल जाएगी?" भोलाराम की आँखों में शरारत थी।

मैं डर गया। इस आदमी से प्रश्न पूछना तो बहुत ही संकटपूर्ण था। मुझे उसकी आँखों में अब शरारत के स्थान पर राक्षसी सुख का सागर हिलोरें लेता दिखाई दे रहा था।

यदि मैं उससे पूछ लेता कि जरा पता लगाओ कि मेरे न रहने पर मेरे परिवार को पेंशन कितनी मिलेगी? तो?

मेरी कल्पना में भूचाल आ गया। मुझे लगा कि वह अपनी जेब से पिस्तौल निकालकर, मेरे वक्ष पर गोली दाग देगा और कहेगा, "स्वयं ही पूछ ले अपने परिवार से कि उसे कितनी पेंशन मिलती है।"

"तुम कोई पता मत लगाना।" मैंने डरकर कहा, "मुझे कोई राजकीय सम्मान नहीं चाहिए।"

6. विस्फोटक

सभापति की कुरसी की सफाई करते हुए उसके नीचे एक पुड़िया मिली। सफाई-कर्मचारी की समझ में नहीं आया कि उस पुड़िया में क्या था और वह उस पुड़िया का क्या करे। उसने वह पुड़िया दूसरे सफाई-कर्मचारी को पकड़ा दी, "देखो, इसमें क्या है। यहाँ एक से एक नशाखोर आ गए हैं।"

पुड़िया अधिकारियों से होती हुई वैज्ञानिक प्रयोगशाला में पहुँच गई।

"क्या करूँ इसका?" वैज्ञानिक ने पूछा।

"पता लगाओ, यह क्या है?" पुलिस ने कहा, "नशा है, विष है, विस्फोटक है?"

"पहले खोजो कि किसने रखी है पुड़िया? अपने आप स्पष्ट हो जाएगा कि पुड़िया में कैसा पदार्थ है।"

"उलटी बात कर रहे हो।" पुलिस बोली, "पहले पता लगाओ कि यह है क्या? रखने वाले को हम स्वयं ही पकड़ लेंगे।"

"चलो, यही सही।" वैज्ञानिक बोला, "अब तुम बताओ कि तुम इसे क्या सिद्ध करना चाहते हो – टेल्कम पाउडर, कोई मादक पदार्थ या विस्फोटक पदार्थ?"

"हमें उससे क्या लेना-देना? हमें तो बताओ कि यह है क्या? तब यह निश्चित होगा कि आगे हमारा दायित्व क्या है?" पुलिस ने कहा, "टैल्कम पाउडर है, तो उस साले के शरीर के सारे छेद उससे बंद कर देंगे, जिसने उसे रखा है। मादक पदार्थ है, तो घोलकर उसी को पिला देंगे, सारा का सारा। सड़क पर पागलों के समान मारा-मारा फिरेगा। और विस्फोटक है, तो उसका घर उसी से उड़ा देंगे।"

"मुझे उससे क्या? मुझे बताओ कि क्या सिद्ध करूँ, क्योंकि मेरी फीस उसी के अनुपात में होगी।"

"सरकार से वेतन नहीं मिलता तुम्हें?"

"सरकार वेतन तो इसलिए देती है कि मैं कहीं और न चला जाऊँ।" वैज्ञानिक बोला, "अब काम कराना है तो मेरी फीस लाओ। विश्व-स्तर का वैज्ञानिक हूँ मैं। ऐरा-गैरा नहीं हूँ।"

"इसका अर्थ यह हुआ कि तुम पुलिस से उत्कोच माँग रहे हो?" पुलिस वाले की आँखें फट गईं ।